奔跑在太陽升起的地方

賴勝龍 著

推薦序

諮商心理師、作家　周牛莒光

勝龍的《奔跑在太陽升起的地方》講的是原住民運動員的故事。

不禁讓我想到，我國原住民族人口數占全國人口的比率為百分之二・四五。這小小不到百分之三的人口比例，卻在八月分剛結束的二〇二〇年東京奧運大放異彩，提升了我國的知名度。參賽的選手共有六十八位，原住民選手有十三位，占了總人數百分之二十。代表隊中有阿美族舉重選手郭婞淳及排灣族柔道選手楊勇緯，分別獲得金牌及銀牌的佳績，佔中華隊所獲得的金牌及銀牌中的三分之一。

此外還有拳擊好手阿美族的陳念琴在晉級八強賽，擊敗義大利選手卡里尼（Angela Carini）確定晉級後，振臂歡呼，對著鏡頭以阿美族語激動高喊：「Pangcah nu wawa」（我是阿美族的孩子！）接著在八強賽遇上印度名將博格漢（Lovlina Borgohain）落敗，跪別東京奧運拳擊臺時，她說：「我的眼淚不是懦弱，而是信仰……」令人動容。

我常常在想這群優秀的原住民運動員，從代表中華民國參賽一九六〇年羅馬奧運獲得我國第一面奧運獎牌的楊傳廣，到二〇二〇年東京奧運的原住民選手，為中華臺北獲得奧運獎牌，這些運動員像是浪起、浪湧、浪退。我們到底給了這些運動員什麼？

能夠參加亞運、奧運競賽絕對是頂尖好手，但從一般選手到頂尖好手，要經過多少的淬練及努力，相對的……也冒著多少被淘汰的風險，才能代表國家出征。有時我會想：「第一名只有一位，如果……我是一位運動員，被淘汰了……我該怎麼辦？」我相信這個念頭也常常會在許多原住民運動員的腦子裡閃過吧！

《奔跑在太陽升起的地方》說得就是——一位原住民田徑運動員阿瑟，從一般選手，被訓練到頂尖好手的過程，在最後重要的臨門一躍時，很遺憾地是以悲劇收場。從這本書裡可以看見幾個議題——

族群結合：阿瑟的爸爸是老兵，媽媽是原住民；還有阿瑟與馬來西亞的印度女子麗娜……這兩段感情的結合，結果都是分離的結局。

飲酒過量：阿瑟最後因為無法繼續朝運動發展，開始失志，終日與酒為主，這段與我在臨床上看到許多有酒癮的原住民因失志而酗酒的過程類似。

生涯規畫：也就是前面所提的，運動是原住民的強項，當我們鼓勵原住民自小朝運動發展時，有沒有為孩子培養其他的多元興趣？而非只有單一的運動專長。

《奔跑在太陽升起的地方》是勝龍用他的成長經驗所撰寫出來的故事，我讀起來倍感親切，所描述的偏鄉、部落運動會的各種場景，不禁勾起我兒時的記憶。所以——如果你是住在城市，我會建議你閱讀這一本書，好好地瞭解海天一色的藍藍的台東！如果你是住在偏鄉或是部落，更應該要閱讀這一本書，好好地瞭解這片土地上發生過的小人物的故事！

此外，這本書的書寫是以悲劇作為結局，剛開始閱讀時，也許你覺得開心，有趣，但是讀到最後，你會對阿瑟的結果有些不捨，各位讀者朋友們，那表示我們感同身受了，開始同理阿瑟的遭遇了。所以——你是助人者，我會建議你閱讀這本書！你對原住民議題感到有興趣，我會建議你閱讀這本書！

欣見身為東部原住民子弟的勝龍用他的生命經驗完成這一部帶笑、帶淚的小說。總之《奔跑在太陽升起的地方》是一本值得我推薦，不論你是那個族群，都是值得你閱讀的書。

目次

運動會

1

夕陽西下，傍晚的餘暉照在阿瑟的臉龐，坐在微風徐徐的鷹架上，看著地面最後離開的人影，便大力吞下喉頭裡的口水，像個勇氣十足的鬥士張開嗓門大喊：「工頭，我要借支！」這一聲響，對方定住腳步，並猛然抬頭。呼喚者以神不知，鬼不覺的速度，從三樓往下移動。還在四處仰望的工頭，似乎感受到有影子出沒，往前一看，嚇到退一大步：「你不要像個鬼魂，老是來無影去無蹤好不好？」

聽了有些不好意思的阿瑟說道：「是這樣的，我最近手頭比較緊，想要預支一千塊，可以嗎？」

工頭眉頭不皺得從口袋拿出厚實的錢包，掏出一張千元鈔給阿瑟說道：

「加上之前的兩千塊，你已經借三千塊了。」

「希望你不要再拿這辛苦賺來的錢買酒喝！」

聽完，阿瑟洋洋得意的將錢放入口袋，便向工頭道再見，轉頭走向不遠處的摩托車。

卸下腰際上的工具袋，準備放入置物箱時，看到一瓶早上未喝完的中藥提神飲品還躺在裡頭，便拿起來將瓶蓋打開，直接塞入嘴中一飲而盡，眉頭皺了三秒說道：「真難喝！」

就在跨上摩托車準備離去之際，左腳不慎踏到一根穿出木板的鐵釘，還未走遠的工頭，聽到阿瑟的哀號聲，又走回來察看發生什麼事。

看到阿瑟坐在地上，將腳底板抬起，一片木板就貼著腳掌，工頭二話不說，直接將木板拔開，並迅速脫去鞋襪，用拳頭大力持續敲打插到鐵釘的腳掌。挨打者的表情猙獰得喊不出聲音，一分鐘過後，施救者神色自若得像個醫生說道：「好了，你明天不要拿這一點小傷當理由來請假，這樣有損我們工人不怕苦、不怕難的形象！」

阿瑟看在已拿到錢的份上，便頻頻點頭附和工頭的話。

台東的街景在傍晚昏黃的色調襯托下，騎車穿梭在其中的身影，便顯得格外孤寂。來到一處蔬菜略顯枯黃的菜攤前，將摩托車停妥後，鞋頭沾滿泥沙的阿瑟，還因腳傷稍微跛足前行。依舊是先來到龍鬚菜前，拿了兩把，再到瓜類位置，拿了一顆絲瓜及一顆南瓜，再將挑好的菜放到收銀台等老闆結帳。

豈料這一等，就讓阿瑟左顧右盼等了將近十分鐘，臉上帶著醉意的老闆娘才姍姍來遲的從屋內走了出來。

老闆娘一開口就是濃濃的酒味。

「年輕人，你三百六十五天，天天吃龍鬚菜和南瓜不會膩嗎？」

「要不要，改天老娘親自教你煮其他的菜？」老闆娘一臉嫵媚的表情。

不敢恭維的阿瑟，腦裡馬上浮現老闆娘那滿身刺青的老公在怒瞪，於是沉默不語的搖頭婉拒。

「騙你的啦！」

「你還真以為我會教你煮菜哦！」

「我打牌都沒時間了，還教你咧！」

這些話以後，心情變複雜的阿瑟，竟然只花了一百塊錢就將所買的菜打包帶走，心想一定是酒醉的老闆娘算錯了，於是趕緊騎車逃離現場。

2

騎了將近半小時，來到了家前那條蜿蜒的山路，神經突然變得緊繃，知道考驗來了，因為直到如今還是無法克服換檔時機的障礙，於是摩托車所發出的聲響及頻率漸緩，車速也隨之變慢，不為所動的始終想用四檔一路衝向海拔三百公尺高的家裡，冥頑不靈的感受到似乎快有災難發生才趕緊退到三檔，這似乎也無濟於事，情急之下，再退到力挽狂瀾的二檔，此時爬坡速度漸有起色，但很快又被無情的地心引力向後拉，已被逼到失去思考能力，不加思索的對檔桿踩一下，結果換錯檔，換回無力的三檔，摩托車當場停在斜坡上，阿瑟緊急伸出雙腳，頂住隨時會向後滑行的摩托車。

半個小時過後，坐在屋內看電視的老麥，看到兒子在屋外牽著摩托車回來。

摩托車停妥後，便將買回來的蔬菜拿到廚房，開始料理晚餐，所煮的份量，還包含了明日的餐食，老麥因行動不便，只能靠助行器行走，且不宜久站，孝順的阿瑟，深怕獨自在家的父親餓著，才想出了這對策。

翌日一早，阿瑟將昨晚放入冰箱的菜，再一一的拿出來炒熱，告知一早就在客廳看電視的父親，早午餐都備好了，之後就騎車直奔位於台東市區的工地。

為了省油，阿瑟從出門一直到山下平坦的路才發動摩托車，這時會先來到部落裡唯一的雜貨店，先拿個一瓶中藥提神飲品放到後座旁的置物箱裡，再跟店家道一聲：「先記著！」就瀟灑的離開了。老闆翻了一下記載著部落所有賒帳者的帳簿，看到老麥的兒子所累積的金額已接近三千元了，所賒的商品清一色都是酒類，便搖頭對昔日軍中同袍感到同情。

一路頂著強烈的北風來到工地，待所有人都到齊，工頭開始分配工作。輪到阿瑟時，支配者比出最上層的手勢，指示那兒所有的雜物和模板都要清除乾淨，適逢烈陽高照的好天氣，光沿著樓梯往上爬，額頭已不停冒汗，到了樓頂的出口，和另一位負責這任務的同伴面面相覷，被眼前堆積如山的模板和雜物所擊潰，索性這時從工具袋裡掏出一瓶還凝結水珠的中藥提神飲品出來，氣定神閒的轉開瓶蓋，道一聲「喝了再上！」便遞給阿勇。見液體容量慢慢在對方嘴裡減少，還沒喝到的人便忍不住破口大罵：

「你在幹什麼啦？」

「這是要喝到中年的，你現在把它喝光！」

被斥責的阿勇笑著回阿瑟：「你擔心什麼，我的摩托車裡面還有兩瓶！」

就這樣，這兩人被摩托車裡的兩瓶中藥提神飲品賦予神奇的力量，還沒到中午休息吃飯的時間，就將不可能的任務迎刃而解。當下樓準備開喝時，才發現摩托車的置物箱空空如也，原來提神飲品還在家中的冰箱裡，忘記帶。

阿瑟此時在心中一直重複著三個字：「豬隊友！」

3

下班後，已不敢再向工頭借支的阿瑟，騎車來到一間較偏遠的信用合作社來提款，其目的就是只有那台提款機可以提出存摺僅有的兩百塊錢。

口袋塞著兩百塊錢的阿瑟，依舊是那副迎著晚霞，奔馳在溪橋上的英姿，一路衝向山上的家。

翌日，一隻不知有無飼主的公雞，在山中以清脆嘹亮的雞鳴，配合清早的陽光，告知住在山中的人家，該起床了！

「吵死了，那隻笨雞！」醉意未消的阿瑟慢慢起身，「改天被我抓到，一定宰來吃！」

老麥坐在客廳那張屬於自己的椅子上。已備好飯菜在餐桌上的阿瑟，對著父親說一聲：「我要去工作了！」之後，就騎上摩托車滑行到山下，猶豫不定的斟酌著是否再向雜貨店賒帳，最後還是忍痛經過，但約莫兩分鐘過後又回頭了，先把車停妥，便走到老闆面前說道：「和我一起工作的阿勇，託我來拿兩瓶保力達，他說先欠著，這筆帳算他的！」店家能在部落屹立不搖四十年，也不是省油的燈，沒那麼容易被騙，於是依舊將帳記在說謊者身上。

以為計謀得逞，還不斷誇耀自己的聰明，豈料在騎乘二十分鐘後的路程中，卻聽到引擎傳來不尋常的聲響，這不祥的預兆，說來就來，而且馬上兌現，阿瑟驚慌得隨著熄火的摩托車停在路旁，並心急的不斷用力踩踏起動桿，試圖將父親這二十年的老車重新發動。時間一分一秒的過去，從遲到者的角色，慢慢變成冤枉的曠職者，絕望之餘，路旁有間小學正巧在舉辦運動會，便跨越馬路進入會場瞧瞧。比賽戰況激烈，場邊幫忙加油的親屬，嘶吼吶喊，激動到拿臉盆當鼓敲。

阿瑟一臉愁悶的坐在場邊一角，一名挺著猶如八個月身孕的大肚男，悄悄走近其身旁，兩人便互視彼此。

「年輕人，可不可以幫個忙，我們部落需要人手！」滿嘴檳榔渣的大肚男說道。

阿瑟一口答應後，便跟隨大肚男來到其所屬的部落休息區。經一番介紹，得知這是延平鄉布農族的鄉民運動會，而這名請託人是鸞山部落的村長，名字叫余致力。

「所以，你叫我阿力就可以了。」余致力對阿瑟說道。

余致力替生力軍報名參加一百公尺和二百公尺比賽。說時遲，那時快，阿瑟穿著沾有五顏六色油漆的大頭皮鞋，聽著大會在廣播：「參加一百公尺的選手，請到檢錄處報到！」只好脫去寬鬆的鞋赤腳上陣。

已經很久沒有感受腎上腺素的阿瑟，在最外道擺好起跑動作，等著那支被高舉的發令槍響起，鳴槍起跑，因赤足的關係，腳掌在泥土道面上打滑，以差點向前傾倒的姿勢，在八位選手中暫居末位，三秒過後，紛紛被其他穿著釘鞋的選手狠拋在三公尺之遠。余致力遠遠看著頹勢，不禁自責找了一個中看不中用的人來幫忙。

身體稍微扶正的阿瑟，看著前方七位選手的背影，自己也開始抬腿逐漸加速，慢慢找回昔日奔跑的感覺。

4

在賽道奔馳的選手，已跑到位於司令台前的五十公尺處，阿瑟也將自己和其他選手的差距縮短到二公尺的距離。而領先群則勢均力敵的於同條平行線上，各個表情猙獰的想加速甩開彼此，無奈都已盡了全力，大家都還是黏在一起不分軒輊。

此時坐在司令台上的大會廣播員，以揶揄的口吻大聲說道：「加油，我們不想看到有七個人都得第一名！」

漸入佳境並急起直追的鸞山部落生力軍，在七十公尺處趕上了領先群，步幅也愈跨愈大，有別於其他選手的表情，還略帶一抹微笑。疾速中的衝刺，來到最後的十公尺，持續加速的阿瑟總算脫穎而出，甩開所有腳穿釘鞋的對手，率先以一公尺半的優勢衝過終點。

鸞山部落的村長，看到阿瑟逆轉賽勢的神奇表現，難掩心中的興奮之情，在休息區和部落其他居民又叫又跳，鼓掌叫好。

稍後，打赤腳的阿瑟陸續贏得二百公尺和大隊接力的冠軍，讓苦等二十年的鸞山部落，再度擁抱魂牽夢縈的團體總冠軍。為了要答謝這神奇的路人，村長送了一袋已烹煮過的極品——山豬肉。至於那部默默停在路邊的老車，經內行人仔細察看，發現是油箱沒油，原來油錶早已故障了。為摩托車加滿了油以後，試著發動，排氣管發出聲響的剎那，所有人互視彼此，下一秒便開懷大笑。

就在即將騎車離去之際，村長拍了拍阿瑟的肩，以真誠的語氣說道：「小兄弟，我有個不情之請，希望能藉這機會再邀請你參加三天過後在花蓮舉辦的全國布農族運動會。」

「好啊！」阿瑟說。

聽到回得如此爽快，余致力也彷彿吃下定心丸，一副躊躇滿志的神態，目送阿瑟漸漸駛離。

入夜後，山腰上的阿瑟這戶人家，面對著餐桌上那一大盤肥美的山豬肉，不禁大快朵頤，這滋味就連走過大江南北的老麥都感到驚豔。

「老爸，這山豬肉的味道怎麼樣？」

「過幾天我再帶回來給你吃！」

看著父親重拾失去已久的幸福感，阿瑟也總覺得盡了一點孝道。

三天過後的早晨，精神飽滿的阿瑟，一樣在出門前叮嚀父親記得吃餐桌上已備好的飯菜，就以不同以往工作時所穿的衣著，下山朝鸞山部落一路前行。

頂著強勁的逆風向北行，花了一段時間，總算來到約定見面的一棵大樹下，見一群人坐在一輛貨車的車斗上，當中還坐著鸞山部落的村長余致力，但所有人的表情似乎都不太高興，其中一位先發難的壯漢，對著阿瑟就是一陣不留情面的謾罵：

「你以為你是誰呀？」

「叫我們十幾個等你一個！」

「我剛才還差點因為你，跟村長打起來！」

原來是阿瑟搞錯時間了，村長之前提醒早上六點半就要到，現在都已經七點半了，到達花蓮的玉里，比賽可能都早已開始了。

頻頻點頭說抱歉的阿瑟，狼狽的爬上車斗和大伙一同前往比賽會場。

5

行進間的車斗上，在座的彼此還籠罩在阿瑟遲到所營造的沉默氛圍中。直到貨車突然緊急煞車，把車斗上的大伙搞得人仰馬翻之後才有了聲音：「會不會開車啊？」

「有狗突然從路邊衝出來！」司機連忙向後方的人們解釋。

以余致力為首的延平鄉代表團，就這樣帶著複雜的心情，慢其他隊伍一小時到達比賽會場。

由於是全國性的賽事，遠道而來共襄盛舉的各地選手眾多，把現場的氣氛炒得是人聲鼎沸，宛如大型的豐年祭典。

大會第一個比賽項目就是抓山豬，工作人員將籠子打開後，便傾巢而出開始逃竄，參賽隊伍得想盡辦法抓住，並捆綁起來吊在竹竿上，越快完成的隊伍，名次就越高。

看似趣味競賽的項目，摻雜周圍觀眾的笑聲和山豬淒厲的叫聲，讓初次見識的阿瑟嚐到別開生面的感受。最後，所有豬隻都被吊起來一一扛走。這項比賽結束時，大會負責廣播的人員便道出了一句：「總算安靜了！」

相繼還有鋸木頭和搗米的多類比賽，內容之豐富堪稱是絕妙的運動賽事。

阿瑟在休息區差點淪為英雄無用武之地的時刻，負責廣播的大會工作人員，以字正腔圓的口吻說道：「參加社男一百公尺的選手，請到檢錄處報到！」

坐在塑膠椅上，手拿著一雙釘鞋的阿瑟，起身和村長一同前往檢錄處，在眾多選手中，其一八五的身高顯得有些突兀，不免令身旁選手側目。

預賽分四組，各取前兩名進入決賽。阿瑟被分在第二組，所有參賽選手普遍都是在學的學生，極少數才是真正的社會人士，其中某位腰圍超過一百三十，嘴裡還嚼著檳榔的大叔，勇氣最為可嘉，逢人就說：「你好，我是來趕鴨子的養鴨人家。」這猶如丑角的男子被分在第一組，戴著斗笠，手拿棍子。槍響後，那風趣的打扮，在其他選手之後作勢在驅趕，不免惹來場邊觀眾的揶揄：「老兄，你趕的應該不是鴨子，是豹！」

丑角鬧場結束後，就輪到已穿上釘鞋的阿瑟登場，在最外道擺好預備動作時，現場瞬間被緊張的氣氛所凝結。

槍響，阿瑟重蹈覆轍上一場比賽的失誤，又以差點跌跤的姿勢起跑，一開始就掉到末位，這讓回到休息區觀戰的余致力不免發起牢騷：「這小子的起跑怎麼老是這樣？」

出發後的十公尺處，釘鞋發揮了作用，腳程的速率不斷提升，腿長的阿瑟此時刻意提升抬腿高度，落後也逐漸變為旗鼓相當。很快的，這電光石火間又有了變化，向前衝刺的八位選手奔馳到五十公尺處的司令台前時，代表延平鄉的出賽者，感受著遊刃有餘的快意，忽然伸出舌頭，作出俏皮的表情，慢慢將身高矮自己半截的其他選手拋在腦後，以獨跑姿態率先以三公尺的差距衝過終點。在沒有計時的情況下，場邊觀眾也不斷議論紛紛這種速度的成績會是幾秒？

6

只在乎名次的余致力，和休息區的其他人為阿瑟的表現高聲歡呼。回到休息區時，阿瑟更像是凱旋歸來的英雄被大伙團團圍繞，讚揚聲是絡繹不絕。

在眾所期待下，聽到大會的廣播後，阿瑟又來到一百公尺的起跑點，和其他進入決賽的選手一較高下。

這時，阿瑟被排在第三道，遠望著前方的終點線，跑道旁盡是想一睹全國最快布農族的觀眾，氣氛緊張得似乎可將心臟停止。

發令的裁判長，高舉發令槍，沉默數秒後，槍響了。阿瑟出乎意料的順利起跑，雖非首位，但也不是末後，這樣的表現看在遠處引頸翹望的余致力眼裡，著實不易，令人激賞。

飛奔的身影逐漸逼近十公尺處，優勢還未明朗，此時一名幼童突然從場邊衝進來，就停在第三跑道上，見前方這麼一個突如其來的障礙物出現，阿瑟的步幅也因此被受影響，就在全場觀眾繃緊神經的注目下，做出了直接跨越的反應，這一舉也讓全場發出好大的驚嘆聲，但隨即也讓左腳落地的剎那失去平衡，這麼一來很快就位居落後其他選手的位置。

疾速奔馳中來到五十公尺處的分水嶺，優勢逐漸明朗化，代表南投縣信義鄉的選手，也就是前來衛冕的古阿郎，以志在必得的決心向前衝。

似乎是已無懸念的局勢，十秒左右是很難產生變化的，觀賽者幾乎都是這類心態在觀戰，也因此讓休息區裡的余致力心涼了一半。

來到賽道的最後三十公尺處，尋求衛冕的古阿郎感受到隔壁第三道有股勇猛的速度在接近，頓時全場觀眾的加油聲變得更加激烈，腳程在疾速中散發出驚人爆發力的阿瑟，像個帶來奇蹟般的表演者，上演了振奮人心的逆轉秀。通過終點時，延平鄉率先以些微之差，奪下了社男一百公尺的冠軍，而失利的上屆冠軍則在大勢已去之後，以仰天咆哮之姿接著通過終點。

就在這歡欣鼓舞的時刻，終點處傳來了一陣騷動。

早有懷疑之心的古阿郎，揪住阿瑟的衣領怒目切齒的質問：

「有人說，你根本就不是布農族。」

「你到底是哪來的？」

話才剛說完，古阿郎那記冷不防的右拳，狠狠的打在阿瑟的左臉頰，還想再揮拳的手，馬上被余致力瞬間抓住。受害者已痛得蹲在地上，一滴熱淚也順時從挨揍的臉龐滑落。

「你敢打我的姪兒！」余致力大聲喝斥。

「姪兒？」古阿郎一臉驚訝。

在布農族運動界小有名氣的余致力，這麼一說，周圍的人也都不敢再有所質疑。

「敲自己的頭十下！」余致力對古阿郎下達指令。

這一招是沿用軍中對犯錯者的懲罰方式，在部落裡很常見。

「阿瑟，站起來！」余致力說，「最後一下你來敲！」

7

等著被補上最後一下的古阿郎，忐忑的看著身高一八五的阿瑟慢慢起身。就在受害者舉起手準備輕輕敲下結束這起紛爭的剎那，圍觀者中一隻又粗又黑的正義之拳，不偏不倚狠狠錘了加害人的頭頂。

古阿郎痛得瞬間雙手抱頭，並左右張望，深信行凶者一定另有其人，果不其然，發現了不遠處的可疑蹤影，於是追上前將逃跑的壯碩男子擒倒，兩人隨即在場中央扭打成一塊，這個插曲也掀起場邊觀眾不斷鼓噪。

擁有二十年廣播資歷的大會人員，見此狀況便機警的以莊嚴的聲調向會場作廣播：「全體肅立！」所有人以為要唱國歌，因而都站了起來，就連場中央打架的兩位主角都停手跟著起立。廣播員接下來說了一句：「握手！」頓時讓全場所有人哄堂大笑，原本面紅耳赤的兩人因為這麼一句話，怒火瞬間降溫，握起彼此的手，綻開化干戈為玉帛的笑容，跟場邊觀眾揮手致意，這舉動更引來滿堂彩。

「好，你們兩個先下去！」

「接下來是花蓮縣卓溪鄉所帶來的中場表演，報戰功！」

「請大家為他們熱烈鼓掌！」大會廣播聲響徹全場。

「謝謝村長解圍！」阿瑟在休息區向余致力說道。

看著阿瑟的左臉頰已有些浮腫，頻頻詢問身體有無不適的余致力，也頓時對傷者感到愧疚，沒能適時的保護這名傭兵。

確實帶來心理上的打擊，阿瑟承受這種感覺，在隨後的二百公尺比賽登場。左眼視角已被腫脹的臉頰影響，但阿瑟還是憑著堅強的實力挺進決賽。

會場的廣播聲響，特別介紹第四道來自南投縣仁愛鄉的胡明道選手，今年才在全國中等學校運動會奪下高中男子組二百公尺的銀牌，實力相當堅強，有望奪得接下來的男子二百公尺金牌。

阿瑟被排在第五道。

「各就各位！」發令員高喊，「預備……」

槍響，在彎道出發還很難看出選手間的差距，決賽的參賽選手速度都非常的快，很快就衝到接近直線加速段了。第一個衝出彎道的選手就是胡明道，奔跑姿勢可媲美美國短跑巨星路易士，可惜身高矮了一點，緊接在後的不是阿瑟，而是加害者古阿郎。延平鄉落後約一公尺半，第三個衝出彎道，遺憾左眼被持續腫脹的臉頰擠壓成猶如餘光般的視角，就如同於只用右眼在跑步，這連帶影響到奮力衝刺時的平衡感。

在激烈晃動的視線中，看著前方那兩位領先者奔跑的背影，阿瑟不由自主的心中大喊：「你們跑步的姿勢怎麼那麼醜！」

一心想超越這難看跑姿的阿瑟，在過了一百二十公尺處提速，大腿高度也提升上來，與暫時領先的兩位選手逐漸拉近之間的差距。

8

「你們兩個跑快點，台東的選手追上來了！」

古阿郎聽到大會語帶揶揄的廣播聲，瞬間的怒火可從咬牙切齒的表情中嗅出端倪。

「我不想在同一天輸給那個人兩次！」古阿郎內心吶喊。

「怎麼可能追得到，我可是全國中等學校運動會的二百公尺銀牌呢！」充滿自信的胡明道內心駁斥廣播的人。

「這還不是我最快的速度，朋友！」阿瑟內心調侃對手。

阿瑟腫脹的臉，在最後五十公尺處的司令台前，又擺出那遊刃有餘的俏皮表情。

「哇，臉都腫起來了，還在那邊裝可愛！」司令台上目擊的廣播員對著麥克風說道。

已經感受到體能極限的古阿郎，右眼餘光慢慢浮現一個一百八十五公分高的人影，心急得連面色都漲紅了起來，無力回天的被阿瑟以驚人的速度慢慢超越。

可否還有變數？這是場邊所有觀賽者心中的疑問。賽道上極速衝刺的選手們也紛紛接近最後三十公尺的終點線，暫時領先的胡明道，末段似乎並無提升速度的跡象，反倒是阿瑟的手腳擺幅動作略顯激烈。

余致力從休息區的角度看過去，自家的選手只落後領先者不到一公尺距離。此時加油聲四起，胡明道隱約能感受到似乎會有不妙的結局發生，果不其然，離終點只剩十公尺的一刻，左臉腫脹的阿瑟，跌破在場所有人的眼鏡，將奪冠希望最濃的上屆得主，硬是擠到第二名的位置，最後以些微之差，率先衝抵終點，又再次讓觀賽群眾沸騰。創造榮耀的同時，場邊已有沸沸揚揚的聲音在議論延平鄉這位參賽者迥異的身高和長相與布農族特徵不相符，另一個令群眾疑惑的是，為何在之前都沒看過此人參與賽事，今朝卻像個橫空出世的人物般席捲短跑項目的冠軍頭銜。

「余致力那麼矮，怎麼會有這麼高的姪兒？」其中一位疑惑者說道。

就在輿論再度喧騰之際，大會的廣播聲，以略帶醉意的口吻，宣布今年運動會的最後一項比賽，四百公尺接力即將開始。這名負責廣播的大會工作人員，話一講完，就拿起放在椅子底下的那罐啤酒，一口喝完之後道了一句：「啤酒裡面怎麼有菸頭？」其實菸頭是廣播員放進去的，最後連自己都忘了。

這項每年的壓軸賽，阿瑟被余致力安排在最後一棒，參賽隊伍眾多，分預賽和決賽進行。

分在預賽第三組的延平鄉，被排在第一道，那是最不利選手奔跑的位置，因為整天所有賽事比下來，使用率高過其他跑道，所以道面已經猶如沙灘上鬆軟的泥沙一般，讓奔馳在此道上的選手們各個都有所抱怨，無奈命運的安排，也只好認命了。

輪到有阿瑟這眾所矚目的延平鄉上場比賽了，負責跑第一棒的選手是余致力還在就讀大學一年級的兒子余健二。擺出被父親所賦予期望的起跑動作，一聲槍響後，六隊選手齊發，這攸關能否晉級決賽的緊張時刻，場邊所有的觀眾都緊盯自己所關心的隊伍表現如何？

9

就在這時刻，余致力和休息區的所有人都大叫了一聲，因為最不想看到的情況發生了，余健二在鬆軟的泥土跑道上跌了一跤，名次瞬間掉到末後。急了，延平鄉所有的人都急了。

其他隊伍都順利交棒後，延平鄉才姍姍來遲的完成交棒。第二棒之後已明顯的看出所有隊伍之間的差距，暫時領先的隊伍與最後一名的距離整整有二十五公尺之遠。

余致力已擺出仰天的絕望姿勢，余健二看到父親失望的表情，自己則是相當自責。

第三棒也順利的交接完成。此時擁有鸞山部落衝刺王稱號的許德丁，一握到棒子，就像已蓄勢待發許久的狂牛向前飛奔，可惜年過三十，威力已不如當年，僅縮短了和倒數第二的隊伍五十公分左右的距離。

「加油，你們這些山地人！」已喝醉的廣播員說，「如果把一隻山豬擺在你們前面，全部一定都打破世界紀錄！」

心情已經很糟了，又聽到大會這種廣播，余致力的心因此變得更複雜。

於是最後的希望就全落在第四棒阿瑟身上，擁有短跑雙料冠軍的頭銜加身，自然也就成為眾所期望的逆轉角色。當許德丁精疲力竭的將棒子傳給最後一棒時，發生了足以失去希望的失誤——掉棒。

阿瑟慌張的停下來回頭撿起掉在地上的棒子，延平鄉休息區的所有人看到這一幕，無不露出瞠目結舌的表情。

「怎麼可能追得到！」

「延平鄉準備被淘汰了啦！」會場響起酒醉廣播員的聲音。

一股使命感讓阿瑟將力量毫無保留的使出來，燃燒體力在這短短的一百公尺，飛奔的身影在最後五十公尺處已逐漸拉近領先群的距離。

「該是出招的時候了！」阿瑟在心中發出悲壯的吶喊。

大家見證了一個奇蹟的發生，阿瑟抬腿的高度和步幅，及雙手的擺動，讓畫面中的自己呈現出像是擁有神力的異能者，一一把對手超越在後頭，並以不可思議的持續加速力率先通過終點。

「哇，這個人到底是何方神聖？」休息區裡的人紛紛發出疑問，「余致力，你是在哪裡找到他的啊？」

順利晉級決賽的延平鄉接力隊員們，圍著阿瑟，並不斷讚許其神奇的爆發力。始終不願透露自己真實身分的阿瑟，依舊保持沉默努力的為延平鄉效命。

成為目光焦點的延平鄉，繼續吸引著會場所有人關注的眼神在四百公尺接力的決賽登場。

南投縣信義鄉和仁愛鄉這兩隊的實力不容小覷，尤其是信義鄉的表現，更是囊括了過去十年內所有接力賽的冠軍，對於奪冠簡直就是易如反掌，今天的衛冕成功與否，也成了場邊所有人熱烈討論的話題。

負責跑第一棒的余健二賽前一再被叮嚀，不許再出差錯，因為余致力想將司令台上正中央的總冠軍獎盃帶回延平。

10

重頭戲，四百公尺接力決賽即將開始，延平鄉這次所幸被分在第三道，避免了跑道鬆軟所帶來的阻礙。

余健二在起跑線上擺好預備動作。槍響，奮力的向前衝刺，毫無保留的將全身力氣用盡於短短的一百公尺距離內，交給第二棒時，延平鄉暫居第三。第二棒雖沒有順位上的進展，但也努力的保持在不變的順位，很快的，棒子交到了第三棒的手上。力求表現的許德丁以鸞山部落衝刺王的昔日封號再度展現個人魅力，在跑了五十公尺時，已追過暫居第二的仁愛鄉選手，在持續發力之下，最後二十公尺趕上了傳統強隊信義鄉的選手，突出的表現掀起場邊觀眾一陣喧叫聲，可惜雙腿在出力過猛的情況下，於交接區前的五公尺處抽筋，觀賽者目睹了這猶如機器戰警在行走的瞬間，頓時的降速讓後方選手一一超越，余致力被這一幕意外插曲逼到再度擺出仰天長嘯的姿勢。從暫居第一瞬間變成最後一名，這變化之大又再次讓廣播員對著麥克風道出醉語：

「那麼急做什麼？」

「做事情要慢慢來！」

「不能再等了！」阿瑟走向前把許德丁手上的棒子搶了下來。

阿瑟頂著因左臉頰浮腫所造成的視線障礙，以高速率的腳程，提升抬腿高度和步幅，再次讓場邊觀眾見證人定勝天的逆轉秀，疾速衝刺下，一連追過多隊選手，來到暫居第三的位置。

全場緊盯阿瑟所帶來的變化，最後三十公尺幾乎已快追上領先的前兩位選手。

「可惡，他又追上來了！」備受壓力的信義鄉古阿郎內心說道。

「王八蛋，我不會讓你追上！」仁愛鄉胡明道選手內心發下豪語。

「抱歉了兩位，幫村長奪冠是我的使命！」阿瑟內心喊話。

用盡全力把臉部肌肉擠成一團的猙獰表情之下，胡明道和古阿郎情急得想再增加自己的速度。

「該出招了」道出這句之後，阿瑟在疾速中的身影似乎又變得更快。第四道的古阿郎已從左眼餘光瞄到最討厭看到的一八五特徵。

第二道的胡明道右眼餘光也同樣出現了晃動中的身影。

古阿郎、胡明道眼睜睜看著阿瑟像溜出去般的誇張速度，從兩人中間通過，並率先抵達終點。

「大會報告！」

「社男四百公尺接力，第一名延平鄉，第二名仁愛鄉，第三名信義鄉！」一名婦人接替已醉倒在椅子上的廣播員說道。

延平鄉休息區裡的所有人，興奮的相互擁抱，難掩激動情緒不斷跳躍拍手叫好。

閉幕式的頒獎典禮上，余致力如願上台領取團體總冠軍的獎盃。

夕陽渡西嶺之際，延平鄉的選手含余致力在內，坐在貨車的車斗上，興高采烈的帶著榮耀朝家鄉的方向前進。早已備好慶祝用的酒類飲品在車上，大伙舉起手中的啤酒，大喊一聲乾杯！隨即痛飲勝利的滋味。

11

兩個小時的路程，大伙的興奮之情可由接連喝了好幾罐的啤酒中可看出，是多麼在乎這夢寐以求的冠軍獎盃。酒過三巡，余致力原本從滔滔不絕的村長經，慢慢的道出許多不為人知的另一面，言詞也逐漸變為感性，內心對於能如願奪冠，忍不住流下感動的男兒淚，車斗上的氣氛也因此籠罩在如此的真情流入之中，酒喝得比較多的那幾位，也紛紛擦拭著感同身受的淚水，現場一時變得極為感傷，而臉部已淤血腫脹的阿瑟則沉默不語。

見最大功臣悶悶不樂，余致力收拾起感性過了頭的心情，分享了一則親身經歷的笑話給阿瑟聽。

話說當年余致力嫁女兒的婚宴上，名字被婚禮主持人拿出來調侃論道：「新娘的父親是個很了不起的人物，國父孫中山先生的遺囑有提到，余致力革命四十餘年，尚未成功。」後來又補充，「如果是我，不用四十年，兩年就革命成功了！」當然這都只是玩笑話，但是這姓名確實出現在國父的遺囑裡，光這點就讓大家哄堂大笑。

果然引起了共鳴，阿瑟笑得是合不攏嘴。

黃湯下肚氣氛果然不同，大伙在車斗上沿路唱起布農族歌謠，而不會唱的人，則用力拍手打節拍。兩個小時很快就過去了，貨車也平安的回到延平鄉的鸞山部落，也是彼此互道再見的時刻。感念有這麼一位奇人來幫忙的余致力，特地趕回家拿了一袋山羌肉，並補上早已準備好的五千元紅包當謝禮，原本只包了兩千元，但最後如願贏得團體總冠軍，一高興又多加了三千元。阿瑟這下可高興了，帶著滿滿的收穫跟站成一排的鸞山部落居民及村長揮手道再見，摩托車在入檔後，離合器又因放太快，造成瞬間暴衝的驚險狀況，這尷尬的一幕讓時間彷彿都停止了，大伙心中無不懷疑這小子到底會不會騎？

阿瑟於是露出苦笑，並謹慎的操控摩托車，在夜裡慢慢的駛離鸞山部落，朝著遠方的太麻里老家前進。

回到家，老麥看到兒子的臉部淤血腫脹，不禁好奇問，發生了什麼事？

阿瑟只是輕描淡寫的說道，是不小心被虎頭蜂螫到的。

「這麼恐怖的虎頭蜂，威力跟拳頭一樣嚇人！」老麥驚訝的說道。

阿瑟忽然開始擔心自個兒的工作，深怕因為這幾天的無故不到而不保，於是有了戒心，便提起精神開始料理父親明天的餐食。

把余致力所贈送的山產從塑膠袋裡拿了出來，又濃又臭的腥味瞬間充斥整間屋子。

「那是什麼？」老麥摀著口鼻問，「臭得要命！」

連阿瑟自己都受不了的回答：「是山羌肉啦！」

依照余致力的指示烹煮約莫一小時，阿瑟就料理好了這道比臭豆腐還臭的珍貴食材。兩個小時過去，臭味依舊停留在嗅覺裡，父子倆被熏到幾乎快失去生活作息的能力，就這樣伴著濃烈的山產腥味入眠。

12

翌日清早，阿瑟從冰箱裡拿出昨晚已烹煮過的山羌肉再加熱，味道還是一樣臭到讓人無法呼吸，已無對策的情況下，就請父親將就一下，因為能料理的食材也只剩余致力所施捨的好意。

騎上摩托車，阿瑟就從容的下山去工作了，徒留行動不便的老麥在屋內呼吸著令人作嘔的味道。

中午的用餐時間，阿瑟的父親靠助行器走到廚房，並沒有拿碗盛飯，而是從廚櫃裡拿出兒子平時常吃的泡麵來當午餐，而山羌肉呢？老麥則對著屋外大叫：「小張過來！」

結果一隻黑色的公狗搖著尾巴慢慢從別處來到門外，老麥於是端著那鍋畢生聞過最臭的食物，全丟到門外的地上給飢腸轆轆的小張。

那隻黑狗能有這麼人性化的名稱，全都是因為老麥獨自在山腰上沒人能聊天作伴，於是替自家小狗取了這麼親切的外號——小張。

以為小張會大快朵頤的老麥，結果發現連狗都嫌臭，一塊肉都沒啃。

見此情況，老麥忍不住對小張講了一句：「真是好狗命！」

入夜後，從工地回來的阿瑟，見家門外的地上盡是一塊塊山羌肉，不禁略顯不悅的對父親發起牢騷：

「這是人家常說的，山珍海味的山珍！」

「真是暴殄天物啊！」

「山珍？」老麥不悅的說，「連小張都被臭味熏到吃不下，還山珍咧！」

山中的夜晚，寂靜的連呼吸聲都清脆響亮，阿瑟坐在屋前的躺椅上，望著台東平原猶如星羅棋布的夜景，右手刁起一杯濃烈的米酒，聽著山下村長急呼的廣播：

「各位村民晚安！」

「明天是太麻里鄉的運動會！」

「阿瑟，你如果有聽到村辦公處的廣播，請你明天準時參加！」

廣播結束後，阿瑟將手中的那杯米酒一飲而盡，並說道：

「人家余致力村長還會幫我修摩托車，又給紅包！」

「啊你的咧？」

「就只有鹽巴和醬油。」

話雖如此，隔天一早阿瑟還是出現在太麻里鄉的大王國小，和部落參與的居民一同跟在其他隊伍之後，繞著操場一周進場。

歡天喜地的熱鬧會場，不時有穿著傳統服飾的小朋友在人群裡穿梭，讓現場洋溢著一股濃濃的排灣族風情。太麻里鄉的原住民，以排灣族占多數，阿美族則是那極少數之一。

大王國小的幼童們跳完百步蛇傳說的舞蹈之後，比賽也即將登場。荒野部落再度派阿瑟參加所有的短跑項目，而村長賴大木則擔任領隊。

在檢錄處，阿瑟嗅到一名不曾看過的面孔，常年跟鄉內的長者們比賽，鮮少有年輕人會參與鄉運賽跑，而這名陌生的青年，身穿「北體」字樣的運動衫，在左大腿處還綁了繃帶，彷彿讓人有種時速可以提升五公里的視覺迷思。

13

太麻里人口稀少，所以，所有賽跑項目都只分兩組，一組七名選手，各組取前三名進入決賽。

很快的，阿瑟也知道了這位陌生選手名叫簡宥城，外號減又乘，所屬大王部落，過去曾在高中時期，代表台東體中在全國中等學校運動會的高男一百公尺項目中，以差點破大會紀錄的十秒四三成績，在畢業後直接保送北體就讀，並繼續在短跑領域發揮長才，今年才剛升大二。

「高手過招，才是賽場上的重頭戲！」荒野部落的村長在心中期待著。

終於輪到阿瑟與強敵簡宥城對決的時刻，會場所有人都屏息以待。

「各就各位！」發令員大喊，「預備！」

槍響，決賽六位選手瞬間散發一股令場邊觀眾感到震撼的爆發力，在眼前呼嘯而過的氣勢，更讓觀賽者直呼刺激。

三十公尺處已明顯看出微微領先的簡宥城正逐漸加速，來到五十公尺處時，領先優勢已擴大到二公尺之譜，後頭選手只能望其項背，無法動搖領先群雄的現狀，然而電光石火的瞬間還是會有變化發生，在快接近終點線的最後三十公尺，以篤定贏得第一的信念，不斷向場邊親友揮手，展現瀟灑的英姿，豈料這犯了短跑比賽大忌的動作，馬上讓緊接在後的阿瑟有了翻轉局勢的生機。

「出招！」阿瑟一句心中的吶喊，即刻秀出拿手絕活，腳程瞬間提速，疾速下，跑姿更是令關注者為之讚嘆。

輕敵的簡宥城忽然不斷聽到場邊在吶喊：「小心，後面要追上來了！」

果然阿瑟真的追上來了，而且還讓大意失荊州的簡宥城錯愕的大喊：「你這個王八蛋！」

一切都為時已晚，阿瑟讓簡宥城煮熟的鴨子飛了，率先衝過終點，這一幕讓前來觀賽的荒野部落居民為之瘋狂。

與簡宥城的對決還不只於此，接下來還有扣人心弦的二百公尺決賽。

「我再輸給你，從此不再參加太麻里鄉的運動會！」瞪視阿瑟的簡宥城內心說道。
為了要增加比賽的可看性，大會故意將兩人排在三、四道。場邊所有人不做任何事，只專注在這兩人疾速下的對決。
「各就各位！」發令員大喊，「預備！」
結果發令槍裡面的火藥忘記放，造成所有選手都得重新起跑。重新來過以後，發令槍依舊沒有發出聲響，大會只好用最簡陋的方法，去雜貨店買了一支鞭炮，點燃後，跑道上蓄勢待發的選手們足足等了二十秒才引爆。

14

歷經了史上最久的鳴槍等待之後，跑道上六位選手以磅礴的氣勢展現爆發力，所呈現的速度更讓太麻里鄉親們沉浸在刺激的感官中。飛奔之下，很快就來到最後一百公尺的直線段。
簡宥城以領先二公尺的絕對優勢，最先從彎道衝出來，阿瑟雖快，也只能在後頭緊追。
「一百公尺，算你撿到！」奔跑中的簡宥城在心裡暗諷阿瑟，「但是二百公尺休想再撿便宜。」

兩人高速率的腳程，足足讓平庸的第三順位落在五公尺之遙，這儼然就是兩人一較高下的競爭擂台。

優勢全落在領先的簡宥城身上，已沒有人看好阿瑟奪冠了，包括荒野部落的村長賴大木也認為逆轉無望。

「開什麼玩笑，故意讓你，還真以為自己多會跑！」阿瑟在心裡嘀咕完之後，那常在接近終點線出現的跑姿再度被使出，抬腿高度提升，奔跑中的步幅擴大，再來就是伸出舌頭裝俏皮。

「跑步就跑步，幹嘛伸舌頭？」一名看到阿瑟伸舌頭的觀眾說，「又不是麥可喬丹！」

最後三十公尺，簡宥城以不可置信的心理去感受右邊有人在慢慢追上來。

阿瑟最後以毫不留情的速度，讓無力回天的簡宥城只能眼巴巴的看著其背影再次掄元。

賴大木不可思議的直呼：「我見證了奇蹟！」

下午的賽程，荒野部落派出剛遠洋回來的順吉，和伐木工阿貴，及永遠不服老的春隆。這是高齡化的荒野部落精銳盡出的陣容，堪稱一時之選。

相對其他部落的選手，不是剛服完役的青年，不然就是高中的學生。話雖如此，荒野部落的老選手們，還是從容上陣了。

站在跑道上，第一棒的阿貴所擺出的起跑動作，顯然已透露出實力的差異。果然，槍響後，最後一名已成定局，一下子被其他六隊狠甩在後。交給第二棒時，荒野部落已落在目不忍睹的距離，還好順吉沒將十公尺的差距擴大。沒想到交給第三棒，惡夢才剛要開始，五十足歲的春隆，以老態的跑姿朝向著急的阿瑟緩慢接近中。

總算握到棒子了，但是已落後其他隊三十公尺之遠。

「使出山豬的爆發力！」阿瑟在心中激昂的喊道。

身為荒野部落四位選手中唯一的年輕人，阿瑟即將展現猶如獵豹追獵物的看家本領。全場觀眾目瞪口呆，看著奇蹟在眼前發生。

暫時第一的大王部落，最後的命運全都得看最後一棒的表現了。大家都可看出，簡宥城隱約有種被追殺的神韻，跑起步來顯得相當驚恐，還不時左右瞻望，彷彿在預告著將有什麼事情會發生。

果不其然，阿瑟這個對手眼中永不被擊倒的宿命天敵，很快就追了上來。眼看終點就在前方十五公尺處，體力已經被逼到極限的簡宥城，隱約聽到一聲「再見」，隨即掉到第二，於是再次被同樣的背影羞辱，不禁在心中大聲怒喊：「混蛋！」

所有光彩在這一刻全聚攏在阿瑟率先衝過終點的英姿上。

15

荒野部落擊敗了其他六個部落，最後贏得太麻里鄉聯合運動大會的總冠軍。閉幕後，光阿瑟所載回去的獎品就足足有十二個臉盆、八個水桶。

夜裡，荒野部落的活動中心燈火通明。村長賴大木，為了要慰勞部落居民在運動會場上的好表現，特地殺豬邀請全村的人同歡，慶祝奪得鄉運的總冠軍。

大家圍繞在活動中心的廣場上，有酒有肉，氣氛好不熱鬧。

就在此時，村長拿起麥克風，準備對所有人講幾句勉力話時，喇叭音響突然發出尖銳聲，不管怎麼調整，依舊無法排除，只好把電源線拔掉，然後氣急敗壞的將手上那支不良品扔到一旁，便開始用沙啞的嗓子跟大家講話。酒早已喝下肚的部落居民，只管著聊天，並沒什麼人在聽，喇叭音響於是又被插上電，現場馬上響起刺耳聲，直到所有人都將目光轉向賴大木身上，插頭才被拔掉。

「天底下沒有白吃的午餐！」賴大木講完這句話時，大家的神情頓時變得凝重。

「今晚會有肉吃，有酒可以喝，全都是我身旁的這位，功勞最大！」

「我們大家來為老麥的兒子阿瑟鼓掌！」

「謝謝他為部落所爭取的榮譽！」

原本有四位一同站在部落鄉親面前受致敬，結果其中的順吉、阿貴和春隆，被賴大木請下去，認為這三位是沒貢獻的拖累者。

賴大木於是現場頒贈給阿瑟一袋十公斤的洗衣粉，和一大罐的沙拉油作為獎勵，部落鄉親則給予熱烈的掌聲並不斷叫好。

這時有人開始鼓噪，要求唱首歌來聽聽，阿瑟欣然接受了，並請在下的所有人一起打節拍，大家以為會是時下流行樂曲，結果一開口是一首年代相當久遠的老歌，「十八的姑娘一朵花」。

像歌星在開演唱會似的，阿瑟一邊唱，一邊握起全場每一隻手。

大伙在和樂的氣氛下，暢飲著無限供應的酒，也因此讓平時苦悶的心靈得到了釋放，尤其是一直提著沙拉油到處找人敬酒的阿瑟，已喝到眼神飄散，直到曲終人散剩下路燈和自己的影子，才坐上摩托車，朝山腰那戶唯一的住家騎去。雖然是再熟悉不過的環境，但在酒精的影響下，眼前的世界彷彿也跟著醉了，一路蛇行往上來到住家前的轉彎處時，連人帶車就地倒下，自知已無力起身，索性便睡在該處。那兒儼然已成了私人旅館，只要每回這種狀態歸來，肯定又得露宿到天明。

神奇的泡麵調味粉

1

阿瑟的父親——老麥，是個大家所俗稱的「老芋仔」，也就是外省老兵，但並不是一般人所熟知的那批和國民黨政府一起播遷來台的國軍，而是更離奇的共軍俘虜。當年韓戰爆發，中共派了十萬大軍，以人海戰術支援北朝鮮為主的共產主義盟友，對抗以美國為首的南韓，在激烈戰鬥中，不敵美軍攻勢而受降。這群為數不少的共軍俘虜，深怕在敵營遭到不測，於是紛紛表示棄暗投明的心願，為了要展示決心，硬是在身上刺上「殺朱拔毛、中華民國萬歲、反共抗俄」等字樣，以示對自由民主國家的靠攏，因為這關鍵的轉變，有了戲劇性的發展。原本戰俘的身分，最後竟成為反共義士，並風光的送來堡壘台灣。

落腳後，老麥被接管的部隊分派到台灣東部的太麻里，協助海岸巡防的任務，並和部隊的同袍及長官，在名為荒野部落的地方建立家園。

退伍後的老麥，在昔日部隊同袍的作媒之下，與部落裡的一位阿美族姑娘相親，這名年僅十六歲的少女，是名被領養的孤兒，名叫蓉美，從小就沒見過自己的親生父母，只知道自己寄人籬下，在當時困苦的年代，因生養眾多，必不得已的情況下，其養母只希望養女盡快嫁給金龜婿，好改善未來的生活。

蓉美的養母名叫如碧，是部落有名的交際花，時常周旋在部落這些外省老兵的圈子裡，而同樣也娶了當地姑娘的雜貨店老闆老高，與其熟識，因此相互介紹了老麥和家中養女認識，小女子不大敢違背大人的意思，由於男方重視傳宗接代的使命，因此湊合了這對相差三十歲的婚姻，而新郎的年紀還比岳母足足大上十歲。

婚後隔年，蓉美沒讓老麥傳香火的願望落空，順利產下一名男嬰。

就在為取名而傷透腦筋的同時，老麥回想到過去戰爭時對自己有恩的人，第一個想到的就是美軍五星上將——麥克阿瑟。感念這位了不起的人物，在當時肅殺之氣最濃的時候，給予一條生路，這份不殺之恩，時至今日，還是惦念不忘。於是在這關鍵的時刻，決定給兒子取名叫「麥阿瑟」，算是對恩人的一份敬意。

老來得子實屬不易，已經退休的老麥，為了要讓自家的經濟再豐裕些，便跟隨部落打零工的族人，來到工地做起一些打雜的工作。

老麥每天清早，會先燒菜煮飯給幼妻享用，之後再親吻寶貝兒子的額頭，才騎上摩托車赴工地工作。

看來溫馨和樂的新家庭，卻每次在男主人騎車離開後變了調。一名打扮入時的年輕人，三不五時就來到海拔三百公尺高的山腰上，探視所謂的情人，而這位來自隔壁村的男子，是蓉美小學時期的學長，也是戀人，兩人的戀情沒有因為女方嫁人而結束，反而轉為地下戀情。被蒙在鼓裡的老麥，直到某天回到家，見寶貝兒子獨自在屋內哇哇大哭，才驚覺大事不妙，從此屋裡少了女主人這個角色。

2

阿瑟在沒有母愛的環境下逐漸成長，已來到懂事的小小年紀，並懂得分擔父親的辛勞，年紀雖小，就已學會燒飯和燒開水這種雜活。

身兼母職這種身分，確實讓老麥數度感到為難，有時還得騎車到傳統市場與一群婆婆媽媽擠在攤位前跟商家殺價，又得抽空來到部落的溪流，和部落的婦女們一同在溪邊洗衣。

阿瑟每回被帶到溪邊，都會乖乖的坐在樹下等父親洗完衣服。父子倆的家庭狀況，部落的人都看在眼裡，見到模樣楚楚可憐的小孩，動了惻隱之心的婦女們都會上前摸摸頭給予安慰，甚至給糖吃。禮貌是老麥最注重的教育，手上捧著鮮糖還流著鼻涕的兒子，一定會站起來向施捨的阿姨鞠躬道謝。

一名婦人見阿瑟小小年紀就如此懂事，不禁感動的在暗處流下淚來。

而這位感性的婦人，就是老麥的好友，老高的夫人，同樣也是在地的阿美族姑娘，兩人的家庭性質幾乎雷同，另一伴年紀都很輕，也都有一個年紀相仿的兒子。但唯一不同的是，其中一位的幼妻離開了原本和樂的家庭，徒留失去母愛的年幼小孩，迫使父子倆在破碎的家庭中相依為命。

外省老兵彼此間的情誼，在撤守到台灣以後，已昇華成如家屬般的親情，在老麥獨自扶養年幼的兒子這期間，由於要出門工作無法照料，於是就將阿瑟託付給開雜貨店的老高代為照顧。有了這層朝日相處的關係，也因此有了乾爹及乾兒子的稱呼。

那寄人籬下的日子，在老高妻子的廚藝中滋長，尤其是那道蘿蔔乾煎蛋，不得不讓阿瑟視這間雜貨店為第二個家，並認為沒有那道菜的家庭一定不幸福，似乎是在暗喻那戶山腰上的自個兒家。

偶而，老麥還是會帶兒子來到工地，畢竟託友人長期代為照顧，還是會感到有些不好意思。

工地裡，老麥叮嚀年僅五歲的阿瑟，只能在附近那沙堆裡玩，不得到處亂跑。

年紀雖小，阿瑟哼起歌來還是挺好聽的，重點哼的不是兒歌，而是一首老麥最愛唱的國語歌曲「十八的姑娘一朵花」，這是在耳濡目染的薰陶下，第一個所繼承的衣缽。

獨自在沙堆裡玩耍時，看到一群年紀比自己大的當地幼童也想進入沙堆裡玩。其中一位穿著印有「大王國小」制服的排灣族男孩，用力推了阿瑟的胸口說道：

「你是誰呀？」

「這是我們家的沙子，你給我走開！」

講完，制服男孩隨即從地上撿起泥塊，往阿瑟身上用力一丟，疼痛感馬上換來嚎啕大哭。附近走動的工頭見到這一幕，大聲喝斥動粗的那群小朋友。以制服男孩為首的一伙人，立刻逃離現場，只剩被安撫的受害者還站在沙堆裡繼續哭。

3

年幼的阿瑟，生活在自家這種環境裡，活動範圍也只能遷就於狹隘的腹地之中，因此常站在屋前的空地上，俯瞰遼闊的台東平原，視野所帶來的優越感，不禁遐想自個兒就是居高臨下的王者。

而阿瑟的娛樂就在屋外的空地上，撿起小石子，哪兒有禽類的鳴叫聲，就往哪裡丟，這行為曾被其父親阻止過好幾次，因為老麥從山下回到山中的老家途中，曾好幾次險些遭兒子所丟擲的石子擊中，過程是驚險萬分。

一個人的生活還真需要懂得自娛，那條通往山下唯一的蜿蜒小徑，可以說是留下了阿瑟整個童年的足跡，當父親有所吩咐時，得花上一個小時的時間，走到山下的雜貨店採購柴米油鹽回來。提個大手提袋，有時就是半天，因為還得用玻璃珠和山下的幾個朋友連絡一下感情，一玩就是一個上午，老麥還得騎著摩托車，將兒子和要買回來的生活用品一併載回山上。

既然有朋友，那鐵定就是雜貨店老闆的兒子高木祥。說起此人，小小年紀就懂得義氣是何物，身為外省人這種軍人家庭的後代，從小就被灌輸團結力量大的觀念，加上父字輩都同屬做客異鄉的身分，所以這兩人皆以兄弟稱呼彼此，但是阿瑟這個弟弟，卻足足高過哥哥一個人頭，果然是父母皆異的手足。

廝混在一起的蹤影，時常出現在部落裡的各個大樹下，在那裡和部落的小朋友們挖洞打彈珠，順便爬樹，一段時間過後，其他人紛紛被自己的父母叫回去，就只剩阿瑟這兩人還留在原地，似乎不受影響的繼續玩，那兒是高木祥家的後院，能有如此寬闊的院子，可見這一家在部落裡的財力多雄厚，也因此惹來另眼相待，於是妒嫉者便為老高取個閩南語諧音的外號，叫「老狗」，聽起來貶低意味濃。

晴朗的午後，又是一群年紀相仿的幼童們，在部落裡的另一棵大樹下打彈珠，因其中一位輪不起的小朋友，大喊了高木祥父親難聽的外號，阿瑟見狀，一怒之下用力敲了出言不遜者的頭殼，現場瞬間響起呼救的哭聲。兩兄弟立刻收拾地上的彈珠往山上的方向逃離。

路途遙遠及險峻，讓初次在山路通行的高木祥大喊吃不消，雙腿酸痛到幾乎走不動，這還只是三分之一的路程，勉強繼續走了一小段之後，忽然看見一座巨大墳墓就聳立在眼前，嚇得鐵了心不願再走下去，就算阿瑟再怎麼苦勸，還是堅持走回山下，兩人就只好在這恐懼的分界點互道再見，走回自個兒的老家去。

4

孤墳野冢對幼童的心靈來說，已超越了勇氣所能承受的恐懼。適逢入學的年齡，開學第一天，阿瑟穿上父親前幾天所買回來的學生制服及書包，坐上摩托車，一路從山上來到山下的小學，途中行經那座令人不寒而慄的巨大墓地，心裡感受著未曾有過的壓力，並提醒自己以後就得更堅強了，因為這是上下學的必經之路，勢必要面對。

放學回家的時刻，陽光幾乎都被山頭遮住，行走在已略顯昏暗的山徑上，阿瑟提起勇氣，快跑通過那座令人毛骨悚然的巨大墓地，於是就這樣度過求學的每一天。

一年一度的學校運動會，迎來了阿瑟人生中的第一次賽跑經驗。

一年級的小朋友，所要參加的項目是六十公尺賽跑，阿瑟在第一道，老高的兒子高木祥在隔壁的第二道，交情要好的兩人，還竊竊私語要彼此相互照應，不要跑太快。豈料槍響後，有位選手閉著眼睛奮力向前跑，一路從最內道不斷向右偏移，來到最外道時，負責廣播的大會司儀忍不住透過麥克風大喊：「張開眼睛！」

但為時已晚，阿瑟已衝入場邊的人群裡，引來會場所有人哄堂大笑。

也在場邊觀賽的老高，忍不住對坐在身旁的老麥揶揄說道：「你小時也是這樣跑的嗎？」

「他這是遺傳到他媽媽！」老麥極力否認。

運動會比賽項目繁多，也不乏社區對抗賽，而一般民眾的大隊接力，就是國小運動會的重頭戲，四個社區分別派男女各十名參賽。老高和老麥自告奮勇，想要將當年在戰場上的奔跑速度，展現給自己的下一代看，不過那已是三十幾年前的往事了，如今的出征，也只能彰顯這兩位老來得子者，老當益壯的一面。

比賽順利展開，戰況相當激烈，每一隊選手無不卯足全力，表情猙獰得向前衝。

荒野部落果然人才輩出，遙遙領先其他三隊，輪到最後兩位選手了，這時棒子交到老高手裡，大家馬上感受到速度降得有點危險，後頭三隊已經逐漸接近中，順利交給最後一棒時，大家彷彿看到災難片，紛紛發出哀號聲，後頭選手一一超越了在太空慢步的老麥。

這畫面讓阿瑟羞愧得無地自容，這樣的結果也引來在乎比賽輸贏的同隊其他選手不滿，紛紛譴責年歲已高的兩人不該下場比賽。

然而社區對抗賽結束後，就輪到小學生的大隊接力登場了，規則也是以社區作區分。被分在第二棒的阿瑟，之前聽聞吃下泡麵的調味粉跑步速度會變快，於是將整包的調味粉吃下肚，想替父親扳回顏面。

蓄勢待發的阿瑟看著第一棒的高木祥，以最後一名之姿迎面而來，接到棒子後，疾速向前衝，把前方的三位選手一一超越。老麥瞧見，直呼：「他是我兒子！」

5

適逢感恩的五月到來，學校盛大舉辦母親節，呼籲在校學生回家轉告偉大的母親能到校參與這有意義的活動。

自懂事以來就不曾見過生母的阿瑟，將這消息轉告給老麥聽。

「當然參加啊！」老麥拍著胸脯說，「我既是父親，也是母親！」

阿瑟無奈的看著父親彷彿將要以鬧劇毀了到時的活動。

母親節當天早上風和日麗，老麥騎車載著兒子來到學校。門口站著校長，對前來的學生家長獻上一朵粉紅色的康乃馨，因不見阿瑟的母親到來，便好奇的對眼前像是搞錯節日的家長說道：

「老伯，你是不是把日子搞錯了？」

「今天是慶祝母親節，不是父親節！」

「我當然知道！」老麥硬拗說，「你看我的樣子不像母親嗎？」

這時知情的人士，馬上在耳邊告知此學生的家庭狀況。校長這時才恍然大悟，不好意思的頻頻向老麥父子鞠躬表示歡迎。

坐在家長區裡，老麥顯得特別引人側目，但本身並不會在意別人異樣的眼光，反而不斷向四周人握手介紹自己是阿瑟的父親兼母職。

後來這些周遭的人，也就慢慢釋懷老麥這代妻出征的角色。

活動現場有多項學生精彩的溫馨表演，搭配著悠揚及觸動心弦的母親節感恩歌曲，陣中感情世界極為豐富的幾位媽媽們，已忍不住心中受感動的心靈而紛紛掉淚，甚至還有人不能自已的頻頻發出啜泣聲。

就在這感性的時刻，老麥隨口一句：「要堅強！」

反而讓原本的默默哭泣，瞬間轉為嚎啕大哭，逼得會場司儀要大家控制好自己的情緒，別讓活動搞得像喪禮。

在學校精心的安排下，活動也不乏親子間的互動競賽。操場中央擺放了一條很長的粗繩，用意就是要讓前來參與活動的家屬們，和自己的孩子一同下場拔河。

老麥和兒子被排在隊伍的最前頭，並擺出凶狠的表情，來應付對面清一色打扮亮麗又穿高跟鞋的少婦們。反觀年紀稍長的隊伍，彷彿各個都是高齡產婦，面容蒼老，陣中甚至還有人穿著雨鞋赴會，一副隨時要回田裡工作的模樣。

一聲令下，年齡懸殊的比賽開始了。有性別特殊的家長在隊伍裡，照理應該能輕易贏得比賽，結果卻相反，穿高跟鞋的少婦們，把三吋高的鞋跟插入土裡，讓面部漲紅的老麥抱著懷疑及絕望的心，慢慢被拉走，最後輸得心不甘情不願，這對自尊心強的唯一男子來說，根本就是恥辱，還好主辦單位賽後都發給每位參與者一份小禮品，失落的心才得到了安慰。

回到家以後，阿瑟脫下骯髒的制服，並拿到水龍頭底下自己用手洗，但始終都洗不乾淨，這也是常遭老師責罵的原因之一。

6

升上小學四年級的阿瑟，在學校操場的跑道上，與班上同學一同在一百公尺起跑線擺出預備動作。老師一聲令下，八位同學齊頭並進向前衝刺，這場對決也引來全校師生圍著跑道兩側觀看，這是由田徑隊的郝教練所舉辦的選拔賽，要從這年級的學生中挑選一位來栽培，並於將來代表學校出去比賽。

在賽前，阿瑟已先用舌頭舔了一口泡麵的調味粉，調味包裡所剩下的，還要留到決賽再食用。

適逢一九八四年洛杉磯奧運會剛結束，美國隊的短跑名將，以橫掃之姿席捲所有參賽項目的四面金牌，尤其那飛奔時的動作，最引人津津樂道，這跑姿儼然已成為世界風潮，各地短跑選手相繼模仿，彷彿整個世界的短跑選手都成了路易士的分身，當然還包括了在跑道上衝刺的阿瑟。

奔跑中上下左右激烈搖晃的視線裡，阿瑟確定了自己處於領先的位置，並一路衝向終點，率先抵達，順利搶下晉級的資格。

周遭觀賽師生，也看好阿瑟能在最終出線，成為學校田徑隊的栽培生。

下一組的比賽也即將開始，剛比完的阿瑟也來到賽道旁觀賽。

起跑，奮力向前衝的畫面裡還看不出選手之間的差距，直到五十公尺處才顯露出分水嶺，而這名殺出重圍，即將成為阿瑟的強力競爭者，名叫李浩強。

人如其名，真的是個好強之人。

李浩強在第二組的預選中脫穎而出，這也讓競爭變得更有可看性。

休息一段時間後，最後的決賽即將開始，跑道兩旁已聚集了關心比賽結果的學校師生。

第三跑道的阿瑟一臉著急的不斷將手伸進口袋，驚覺帶來神奇力量的調味包不見了，往周圍一瞧，看到掉在地上的那包調味粉全撒了出來，頓時沒了依靠，心裡也逐漸變得忐忑。

擺好了預備的起跑動作，槍響後，齊頭並進，跑道兩側響起觀賽者熱烈的加油聲，李浩強和阿瑟，在五十公尺處狠甩其他人，形成雙強的局勢。

阿瑟這一趟的速度，明顯比上一趟來的慢，而且呲牙裂嘴的猙獰表情更顯得欲振乏力。

反觀李浩強，就顯得速度在慢慢提升。來到接近定江山的最後二十公尺，阿瑟已經瞧見對手的背影，最終只能眼睜睜看著唯一名額被奪走。

通過終點後，面部表情相當沉重的阿瑟，遠離人群，獨自走向無人的角落，坐在一根圓柱下，便落下不甘的淚水，傷心的不斷發出啜泣聲。

田徑隊的郝教練看到了這一幕，便走向阿瑟身旁，輕聲說道：「其實田徑隊需要的人是你！」

7

這句話聽在傷心的阿瑟耳裡，猶如荒漠裡的甘泉沁人心肺。

「可惜我剛剛輸了！」阿瑟說。

「我忘了把比賽規則詳細的告訴大家。」郝教練說，「其實我們要錄取的選手，是兩趟當中跑最快的那位！」

「你在第一趟的成績，還贏過高年級的學生。」郝教練拍了一下阿瑟的肩，「所以，你錄取了！」

這戲劇性的結果，使得起死回生的阿瑟瞬間破涕為笑，難掩內心澎湃的興奮之情，在郝教練的面前又叫又跳。

反觀以為自己被錄取的人，在郝教練告知結果後，坐在學校某處的廊簷下暗自垂淚，並隨手拿起身邊的石頭用力往前一丟，差點被打到的野狗反而追向李浩強，讓原本難過的心情變得更複雜，於是邊跑邊哭喊：「我怎麼這麼衰！」

入選美和國小田徑隊以後，在教練郝美盛老師的訓練教導下，阿瑟的跑步技巧明顯有所改變，比入選前來得更像田徑隊選手。

對於這位和自己父親同樣有著濃濃外省口音的郝教練，明明就是個堂堂正正的男人，名字裡竟然出現格格不入的「美」字，光這一點，就讓阿瑟留下了深刻的印象。

以四年級之姿，和高年級的學長們在操場上練跑，阿瑟完全不會覺得費力，反而有種和大家玩在一塊的感覺，身為隊裡唯一的中年級生，也特別受到照顧。

訓練將近一個多月，田徑隊員們，從郝教練的口中得知消息，下禮拜將迎接太麻里鄉的運動會，屆時的陣容會有所變動，四百公尺接力的其中一員，將有練習生阿瑟來替補那位無法出席應戰的選手。

全鄉七所小學，要在今天的大王國小操場一較高下。

一早的開幕式鑼鼓喧天，小選手們也隨之感受到一股慢慢而升的緊張氣氛。現場表演緊湊，很快就輪到原住民熱鬧的歌舞登場，比賽者的心情不免跟著音樂和節奏在跳動。小攤販不時飄散著令人垂涎的香氣，這樣的比賽氛圍，讓阿瑟的小小靈，見識到鄉運所帶來的氣息。

下午的賽事，輪到各隊所參與的四百公尺接力，替補者被郝教練安排在第一棒。而有備而來的阿瑟，從口袋拿出必備的補給品——泡麵調味包，把粉末倒在手掌上，並隨即舔了幾口，再穿著釘鞋，瞬間散發出一股鬥志高昂的氣勢。

手握接力棒，屏住呼吸，等待槍響。全場所有目光一致對準跑道上將要起跑的小選手們。聞槍聲響起的剎那，位在第五跑道的阿瑟，將自己的處女秀獻給在場的所有鄉親，起跑後約五秒，已經拉大與其他競爭者的距離，以絕對優勢領先群雄，並率先交給第二棒。

「好啊！」郝教練高呼。

第三棒之後，美和國小以勝券在握的速度向前衝，並如願摘下冠軍。

值得一提的是，第二名的對手，足足被美和國小接力隊甩在十公尺之後，這是前所未有的差距。

8

入秋的季節，也就是台東全縣中小學田徑對抗賽的開始。

今年的賽制和以往不同，只容許五、六年級的學生參賽，這改變的起因是去年有位參賽的四年級選手，在賽事結束回到家後，身體不適，引起發燒現象，身體修養許久才慢慢康復。基於保護與考量小學生之間的體能差異，大會才做出如此決定。

掛著四年級身分的阿瑟，還是隨隊來到了比賽會場，不能下場比賽的情況下，只能充當學長身旁幫忙提物品的小助手。

比賽一早就如火如荼的進行。呆坐在看台休息區的阿瑟，眼睛緊盯著有學長出賽的項目。目光此時聚焦在國小一百公尺預賽，其中第二道的選手，就是美和國小所派出的王牌——白少俠。

人如其名，散發出一股銳利的俠氣。

槍響，選手們一字排開，齊頭並進向前衝刺，位在第二道的白少俠，開始有所表現，想在這一組拿下晉級決賽的資格。想不到就在這關鍵的時刻，第一道的選手越線偏向第二道，導致兩人發生激烈的肢體碰觸，於是雙雙失去重心同時摔在跑道上。

手腳因此造成嚴重擦傷的白少俠，又氣又痛的頻頻拭淚，被醫護人員帶離現場，經重新評估之後，聽從建議忍痛放棄接下來的所有比賽，其中還包括奪牌機會濃的四百公尺接力。

不想就此放棄希望的郝教練，硬著頭皮徵求大會的同意讓四年級的阿瑟替補受傷的白少俠上陣。

由於狀況特殊，大會於是破例同意了郝教練的請求。

原本是隊裡的跑腿角色，一夕間成了正式選手，阿瑟雀躍得在心裡頭反覆著同樣一句話：「謝謝白學長跌倒受傷，讓我有機會上場比賽！」

一樣負責第一棒的阿瑟被排在第七道，在起跑前夕照例舔了幾口泡麵的調味粉，鳴槍後，其賽道上的速度明顯就是比對手們來得快，這也讓郝教練及隊友們看得情緒都沸騰了起來。隨後順利完成了交棒，第二棒延續著領先的優勢，美和國小以勢如破竹之姿衝過終點，拿下了決賽的門票。

下午的賽事都是決賽項目，國小四百公尺接力決賽在三點時刻登場，今年的競爭隊伍來勢洶洶，成績都比往年來得優異，尤其是平均身高達一六八的電光國小，以志在必得的決心，誓言要抱回冠軍寶座。

決賽的氛圍籠罩著濃烈的緊張氣息，所有參賽者中，唯一的四年級生阿瑟，在陣中顯得格外受人矚目。槍響，比賽開始，吃了調味粉就是不一樣，沒有被隔壁跑道的高個兒所甩開，反而是緊咬著對方一路狂飆。交給第二棒時，美和國小些微領先，優勢維持到三棒以後有了變化，電光國小身高一百七十的最後一棒選手，逆轉了局勢，奪得冠軍。

9

美和國小雖沒能如願奪下冠軍，但也創下了歷年來的最佳成績。賽後回到學校，田徑隊所有人在司令台上接受全校師生熱烈鼓掌，並聆聽校長的道賀，因此台上接受表揚的各個隊員，精神抖擻、容光煥發，相當風光。

隔年，爆發力猛烈的阿瑟升上五年級，並接受了郝教練精準的分析與建議，專攻賽勢最激烈的短跑項目。

為期一個月的密集訓練後，在郝教練的帶領下，又來到熟悉的戰場——大王國小操場。

一年一度的鄉運，對手們再相遇，已都全新洗牌，主角也都換人當了。

台灣東部的太麻里，除了釋迦和椰子享負盛名之外，再來就是炎熱的氣候和居民黝黑的膚色。場上的小小運動員們，皮膚一個比一個黑，彷彿給人一種膚色越黑跑越快的錯覺。然而太陽並沒有因為人們都被晒黑了而感到同情，反而更加無情的來個晴空萬里。

在郝教練最後的賽前叮嚀下，阿瑟上場了，今天參加兩個項目的比賽，第一項就是一百公尺，另一名隊友也一同出賽。

被排在最外道的阿瑟，槍響起跑後，聽從郝教練的指示，只用七分力在衝刺。然而在不知各參賽者實力如何的情況下，還是會發生輕敵的錯誤判斷。

位於第二道的地主隊王牌，在起跑後五十公尺處暫時領先，和稍後也慢慢追上來的大溪國小選手，形成了雙雄競爭的局面，只取前兩名進入決賽的賽制，很有可能會在此時將阿瑟淘汰掉。聽從教練錯誤的判斷，果然換來慘痛的結果，真的被淘汰了，以預賽第三名的成績落敗。郝教練原以為當事人會因此感到難過，沒想到卻是露出尷尬的笑臉迎面走到跟前說道：

「教練，我照你的吩咐只用七分力在跑！」

「最後三十公尺，本來想追上去，但就怕違背命令，你會生氣，所以我才忍住不追。」

這番話聽在郝教練耳裡，不免對阿瑟感到有些為難。

「阿瑟，對不起！」郝教練說，「這場比賽是教練太輕敵的結果！」

聽教練這麼一說，阿瑟反而更不好意思。

接下來的二百公尺比賽，郝教練不再干涉，而是讓選手在場上憑直覺自由發揮。這樣的策略果然奏效，美和國小所派出的選手輕易的就晉級了。而進決賽者，清一色都是六年級的學生，不免讓人擔心阿瑟因小一歲而吃了虧。

二百公尺決賽在下午三點如期進行，跑道上有七位選手，被排在第五道的美和國小五年級生，嘴角還有調味粉末，聞槍響，迅速向前衝，手臂及雙腿大幅快速擺動，速度完全展現出來，很快就在起跑後的八十公尺處取得領先。而獲得一百公尺冠軍的地主隊王牌選手，也在此時發動攻勢急起直追，想要一舉追過前方對手來個雙料冠軍的美名。豈料來到最後五十公尺的賽段，領先者又加速甩開了慢慢接近的居次者，差距足足有三公尺遠。實力被展現後，其餘參賽者也只能看著體能超群的阿瑟率先通過終點。

目擊者無不內心直呼：「這才是飛毛腿！」

10

阿瑟原本只參加兩個項目的比賽，後來在郝教練通盤的考量之下，臨時做了變動，於是又額外多加了四百公尺接力最後一棒的新任務。

被郝教練視為壓箱寶的阿瑟，在學長們的眼裡則被看作「目中無人的速度」，意味著賽跑不講論理，只求結果，所以大家也只能默認這位新任王牌誕生的事實。

四百公尺接力預賽已經就緒，依舊是那緊張的氛圍。美和國小被分在跑道土質最鬆軟的第一道，這不利的情況讓郝教練稍微有些擔心。槍響起跑後，擔心果然成真，第一棒的選手，被軟沙般的跑道影響而跌跤。

這下可著急了，起身再向前衝，已經落後對手們一大截。第二棒以後開始奮力向前追，試圖將落後的距離縮短，雖有逐漸追趕上來的趨勢，但是最後一名的狀態依舊沒變。

美和國小第三棒選手握到棒子以後，賽況有了激烈的變化。抓住其他隊第三棒實力較弱的機會，一連超越了三名選手，排名瞬間來到第四順位，這也讓眉頭不展的郝教練心中燃起一線希望。

所有目光現在全集中在陸續完成交接的最後一棒。排名暫居前三的學校依序是大王國小、大溪國小、香蘭國小。場邊觀賽的親友團，以快喊破喉嚨的音量，來為選手們加油助陣。

選手們各個都以不讓場邊親友失望為力量來源，無不卯足全力爭取晉級的機會。然而名額有限，還是有些隊伍會在這場預賽遭淘汰，晉級與否，全部得在終點線見分曉。

呲牙裂嘴不見得會晉級，然而面帶微笑的阿瑟在最後三十公尺處竄升到第一順位，並保持領先到終點。這也讓大家慢慢熟悉其天賦異稟的逆轉實力。

最精彩的決賽，隨後過了四十分鐘如期進行。

已經不在第一道的美和國小，有了新契機，被分在最有利的第三道，這樣一來郝教練彷彿吃了定心丸，身心突然變得自在許多。

容選手自由發揮，不再超心的郝教練，坐在場邊一臉悠哉，正如所預想的，美和國小一路領先。

棒子交給最後一棒的選手，就等著該迎來的勝利，大家都認為比賽不會有多大的變化，美和國小奪冠將會是比賽結果。

然而阿瑟的狀況有了不妙的變化。

「完了」阿瑟驚覺，「我忘了舔泡麵的調味粉！」

果然狀況就像大力水手沒吃到菠菜的下場，從遙遙領先的位置，瞬間回歸凡胎俗骨的平庸表現，一下子掉到第四順位。原本的悠哉馬上變成愁雲慘霧，郝教練不解這是怎麼了。情急之下，阿瑟突然想到手掌還有上一場比賽的調味粉殘渣，於是邊跑邊舔手掌。神奇的事情發生了，暫居第一的大王國小選手，從跳動的餘光看見一個人影在慢慢超越，速度快到令人難以置信，美和國小又再次上演逆轉秀，把冠軍帶走。

11

賽後，郝教練一臉納悶的問阿瑟，剛剛在賽場上是怎麼回事？

「沒有啦！」阿瑟搪塞說，「我只是突然想放屁，所以才變慢！」

「以後比賽前先把屁都放完。」郝教練一臉正經的說，「不要再出現像今天一樣的情形，知道嗎？」

說謊的阿瑟尷尬得頻頻說：「知道！」

精彩的賽場表現，讓初嚐鄉運勝利滋味的阿瑟，贏得了代表太麻里鄉參加全縣中小學田徑對抗賽的資格，參賽項目依舊是所擅長的短跑。

數日慢長的訓練過後，穿著印有太麻里鄉字樣運動服的阿瑟，和其他同鄉的小選手們，一同坐在看台區。今年帶團的領隊則是郝教練，被選上的原因跟所訓練的選手表現出色有關，藉由指導的身分，一同為所屬的鄉鎮努力創造佳績。

晴空萬里的上午，馬上就有令人期待的比賽要登場。賽制的變化，今年採用計時方式，所有項目都只比一趟。所以，小選手們將會毫無保留的把力量一次用盡在每場賽事當中。

「記住，不要在跑步途中企圖放屁！」

「知道嗎？」

再度聽到這種叮嚀，阿瑟也只能無奈的頻頻點頭。

國小男子組一百公尺比賽就緒。頂著「太麻里跑最快的國小生」封號的阿瑟，在第二組準備登場。

起跑點所有選手擺出預備動作，屏氣凝神，靜待槍響。起跑後位於第七跑道的阿瑟，口裡咀嚼著還未溶解的泡麵調味粉，速度像個無情的跑車，把平庸的其他選手瞬間拋在後頭，以持續加速的氣勢率先衝向終點。約過二十秒的成績確認，大會以驚訝的口吻，向會場廣播：

「恭喜太麻里鄉的麥阿瑟選手，打破了保持十八年的大會紀錄！」

「成績是，十一秒八九！」

會場所有人無不對這成績感到不可置信，已經顛覆了一般人對國小學生天真無邪、舔著棒棒糖的形象。

於是，大家開始關注阿瑟接下來所參加的其他項目，勇奪一百公尺計時賽第一名後，持續吸引著眾人的目光來到二百公尺比賽的第六組、第七跑道。因表現太出色，大會還因此廣播介紹其稍早優異的成績。

鳴槍起跑，從遙遠的看台望去，第七道的選手速度快得不讓人注意也難，似乎看不出有任何降速的跡象，這種不凡的速度，使得暫居第二的選手，足足被狠拋六公尺之遠。衝過終點後，又再次傳來捷報，大會用吃驚的口吻，宣布阿瑟又再度刷新大會紀錄，成績是二十三秒九三。沒有意外，又為太麻里鄉奪下二百公尺項目的第一。

最後所參加的四百公尺接力，阿瑟和三名六年級學長攜手合作，以最快的成績把第一名的寶座摘下。賽後，郝教練興奮的宴請所有選手到一往情深西餐廳吃牛排。

12

某日的升旗典禮過後，美和國小的校長站在司令台，邀請為學校爭取榮譽的阿瑟上台接受表揚，讚許其無以復加的好表現。隨後還頒發了一雙知名品牌的釘鞋當獎勵，並希望藉由新鞋的加持能再創佳績，也順便汰換已不堪使用的舊鞋。

阿瑟在賽場上威風的戰績持續發燙。老早就想親自到府上拜訪的郝教練，這回總算騎著摩托車來到荒野部落，由於沒有明確的住戶位置，於是來到雜貨店問路。得知是要去老麥家拜訪，老高興奮的也想一同上山探訪老友。

騎到準備要爬坡的山腳下時，坐在後座的老高，手指著山腰那戶裊裊炊煙的住家說道：「郝老師，那間就是麥阿瑟的家！」

頓時沉默不語的郝教練心想：「為何要遠離人群，住在這麼不方便的地方？」騎在蜿蜒崎嶇的山路上，路況讓郝教練感到震驚，不免為阿瑟感到心疼，小小年紀就得步行在如此艱辛的環境裡。

爬行將近二十分鐘之後，摩托車已散發出機件過熱所產生的焦味，郝教練及被載的老高才緩緩駛進老麥家屋外的空地上。

費了好大功夫才登上貴寶殿的兩人，走近屋外平台的邊緣，眺望遼闊的台東平原，見到自己在山下的房子，老高娓娓道出心中話：「好美呀！」

身心也因此豁達的郝教練，等不及想見阿瑟其令尊。朝屋內問候幾聲之後，便開啟紗門，只見老麥剛從客廳的木椅上醒來。屋內忽然出現兩個人影，霎時讓屋主有些措手不及，直覺一定有什麼事發生了。

對方表明來意以後，老麥伸手指出兒子的所在位置。郝教練依照引導的方向來到後院，見阿瑟在水龍頭底下用手搓揉學校制服，這時才恍然大悟，難怪總覺得就是不如其他同學所穿的那樣潔白。

轉頭發現郝教練大駕光臨，阿瑟的反應也和父親一樣，一時被這突如其來的狀況，搞得不知該如何是好。

稍後大家全坐在窄小的客廳裡，屋內陳設相當簡陋，還摻雜著一股濃烈的霉味，老高和郝教練都知道這是因為山中溼氣重的緣故。

見到阿瑟，老高就滔滔不絕稱讚這個曾受託照顧的乾兒子，並有備而來的邊說邊從懷裡拿出一份當地報紙，指著寫有「神勇小將，連破兩項大會紀錄」的標題。老麥看得直呼：「光宗耀祖啊！」

「老麥呀，你兒子真是羚羊來的！」老高說道。

「老高，你是不是人老，頭腦也跟著退化了？」老麥皺起眉頭說，「我兒子是我親生的，不是領養來的！」

老高和郝教練聽了忍不住大笑，就連阿瑟也跟著笑。

「你們在笑什麼？」老麥略顯不悅的說道。

「我講的是草原上的羚羊，你聽成領養。」老高說。

於是大家笑得更厲害，甚至笑出淚來。

山豬的爆發力

1

告別了充滿美好回憶的小學生活，阿瑟進入國中就讀。制服上繡著「知本國中一年二班」。

校園離住家說遠不遠，說近不近，老麥於是買了一輛中古腳踏車給兒子當作上學的交通工具。這輛大家所俗稱的淑女車，平時寄放在老高家，等一早上學時，阿瑟再牽出來和高木祥一同騎去學校。

在開學的前一個禮拜，阿瑟在高木祥的細心指導下，才剛學會騎腳踏車。多虧有兄弟的幫忙，才免去了只能牽腳踏車去上學的窘境。

某日放學，阿瑟牽著有菜籃的淑女車，和高木祥走到校門口準備騎車回家時，豈料被三名眼神帶有殺氣的學長故意擋住去路。

見苗頭不對，機靈的高木祥突然大喊：「糟糕，忘了找訓導主任報到！」

於是兩人就轉頭匆忙離開。聽到「訓導主任」四個字，再壞的學生也會有所畏懼。
阿瑟和高木祥見危機已解除，便從校園的側門開溜。脫離險境的兩人根本就不知道側門這條路會通往何處？騎了一段路，發現總是在兩側盡是墳墓的路上繞行，情況詭異的讓人不寒而慄。
「莫非這就是傳說中的鬼打牆！」兩人滿腦疑惑。
就在快被嚇哭的剎那，一個熟悉的背影出現在兩人眼前。老麥騎著摩托車剛好行經該地的三岔路口，聽到身後有人在大喊：「爸爸、爸爸！」
就連一把歲數的老麥也頓時被這突如其來的叫聲給嚇到，但仔細一聽，聲音卻又如此熟悉，於是停下車往後一看，只見魂飛魄散的兒子迎面而來。
「你們是不是在逃學呀！」
「怎麼會在這裡？」
兩人不想多作解釋，只以迷路來搪塞老麥的疑問。
在老麥的領路下，兩個小迷糊才逐漸騎回熟悉的那條路。
翌日，放學後，又在同樣的地方遇到同樣的場景，這三名惡煞似乎就是針對阿瑟和高木祥而來。但兩人對於為何莫名被盯上，還是感到百思不解。
仔細觀察其中一位惡煞的面貌，這時阿瑟嗅出了端倪，腦裡馬上浮現五個字：

「替弟弟報仇」。

而那位所謂的弟弟，就是曾在國小田徑選拔中落敗飲恨的李浩強。據說自從在那場選拔輸給阿瑟之後，整個人性格大變，從此抑鬱寡歡。尤其是聽到「麥阿瑟」這三個字時，心中的怒火會瞬間達到沸點。因為這個緣故，才讓身為哥哥的惡煞想替家人出一口氣。

就在這時，前來為弟弟報仇的那位惡煞，以一記冷不防的快腿，踹倒阿瑟手上所牽的腳踏車，遭襲擊剎那，嚇得不敢做出任何反應，隨後任憑這一伙人在身上又打又踹，拳頭像流星雨般重重的打在頭上及臉上，腹部則不時遭重擊。暴戾之氣壓著無助的受害者只能忍住當下的痛。目睹這一切的高木祥，愣在一旁也不敢有任何動作，深怕遭受殃及。施暴結束後，三人撂下狠話，若將此事告知他人，便要兩人好看！

2

身心遭受前所未有的痛苦及折磨後，阿瑟牽起倒在地上的腳踏車，什麼話也沒說，兩行熱淚便緩緩落下。兩人一路沉默，就這樣騎在回家的路上。

到家後，阿瑟紅腫的臉部被老麥瞧見，便問了面有難色的兒子發生了什麼事？

不想讓父親因此掛心，所以阿瑟編了一個騎腳踏車不小心摔傷的謊言。

這謊言老麥一定信，因為知道兒子才剛學會騎腳踏車，摔倒是在所難免的。

時隔一年後的入秋，彈指間，原本的國一生已升上國二。見時機已成熟，田徑隊的教練澎先國老師，悄悄來到二年二班的教室，走向阿瑟身處道了一句：「學校的田徑隊要徵召你！」

這樣的感覺阿瑟很熟悉，於是調皮的回澎教練說：「我不要！」

耍可愛的阿瑟隨即招來澎教練一記令人尷尬的敲頭伺候！

「很少學生敢如此沒禮貌的回我話！」澎教練的語氣突然變沉重。

「我只是開玩笑的！」一臉無辜的阿瑟，撫摸頭頂說道。

隔天午後的學校操場上，澎教練集合了田徑隊的所有人，面對著大家介紹身旁所站的阿瑟，在場的多數人對於被介紹者並不陌生，因為在小學時期的賽場上，都曾在其身後苦追過，只有少數幾位未曾較量過的人，抱著鄙視的態度看待。

原本笑容靦腆的阿瑟，表情忽然緊繃，心跳隨之加快，因為看到帶來痛苦回憶的那三名施暴者在陣中。這幾位三年級生，眼神不時露出凶光，似乎是在預告往後將會延續對受害者的暴行。

一番介紹結束後，新加入者懷著不安的心情，被澎教練帶到跑道邊，做起田徑選手最基本的入門訓練——擺臂。在多年前賽場上的觀察，指導者發現阿瑟奔跑時，手臂會有往外側甩的慣性動作，這不良的跑姿會造成選手奔跑時的軀幹歪斜，連帶會影響成績。

經一番矯正之後，阿瑟的擺臂動作瞬間告別了小學時期的跑姿。

站在原地不斷擺動雙臂的阿瑟，不禁好奇的發問：「教練，我要這樣擺臂多久？」

教練回答：「三天！」

不敢多說什麼，阿瑟只敢在心裡抱怨：「我要做這種白癡動作三天？」

三天過後，已熟悉並抓住了擺臂的要領，於是看著澎教練的教導，開始學習徑賽選手最基本且一定要學會的馬克操，訓練項目多達十多種，初學者如果沒有謹記每一項的特徵，很容易就會把不同的動作搞混，經常做了這一動，就忘了下一動，或者是順序顛倒，所以耐性很快就被磨光，惹得教導者差點口出穢言，也因此讓阿瑟在心中有所抱怨：「那麼多種難記的怪動作，難道是要我去馬戲團表演嗎？」

3

熬過了適應階段的磨合期之後，澎教練才讓阿瑟和三年級生一同練習，並交由這些學長代為訓練。

學校的訓練課程都安排在上午的早自習，和下午的最後一堂課。受教於學長的指導之下，阿瑟只能言聽計從，包括看似不合理的要求。

繼上回狠揍阿瑟之後，還想故技重施的這位學長，總算逮到機會，對著攻擊目標擺出一副打量的姿態。

這名品行惡劣的學長，姓李，名浩仲，外號你好重。

田徑隊裡有六名新加入的二年級生，其中還包括了阿瑟。

暗藏禍心的李浩仲，一早就安排了繞校園跑十圈的訓練菜單給學弟。學校的外圍路線海拔落差達四層樓高，有些路段甚至是階梯。完成了這接近十公里的距離，體能略差者，紛紛出現暈眩的狀況，其中一位還因極度不適而當場嘔吐。

「才跑這麼一點就受不了啊？」李浩仲揶揄完，便指著臉不紅氣不喘的阿瑟說，「你再跑兩圈！」

阿瑟一臉錯愕的望向其他人。

「懷疑呀！」李浩仲吼著說，「再懷疑變五圈！」

在烈陽的曝曬下，阿瑟揮汗如雨跑完兩圈回到終點，其他人早已不在現場，只剩一灘嘔吐物在地上，隨後上課鐘聲便響起。

時間過得飛快，來到下午的最後一節課，也就是田徑選手們訓練專攻項目的時候。

選擇徑賽的四位新加入者，確實做完馬克操所有指定動作之後，依學長指示，六十公尺衝刺六趟。本該是愜意的午後訓練，卻在稍後出現的李浩仲干預之下變了調。訓練菜單也因此被其任意更改，硬是將距離增長為一百五十公尺，並且要連續衝刺十趟。有三位跑完了六趟以後，身體陸續出現不適的狀況，雖然知道還剩四趟沒跑，但是體能早已不堪負荷，一副全身無力的模樣癱坐在操場旁的大樹下，唯獨阿瑟站立著。

稍得到喘息後，其他三人的狀況還是沒好轉，更糟的是，早上已吐過的那一位，此刻又加碼一場，搞得現場瞬間散發出一股令人作嘔的氣味。

以虐待為目的的李浩仲，放過了已跑不動的其他三人，但卻對唯一還有體力的阿瑟說道：

「他們未來的命運全靠你了。」

「你如果沒有跑完十趟，明天也不用來了！」

「我到時就會跟教練說，這四位無法達成訓練要求，並請他將你們踢出田徑隊！」

4

哪能忍受被逐出田徑隊的恥辱，阿瑟於是懷著一腔熱血，頂著忍辱負重的使命，並散發著堅忍不拔的氣概，用盡全力跑完最後四趟的衝刺訓練。

全身幾乎無力的阿瑟，一副氣喘吁吁，雙腳不停顫抖的模樣，勉強站在學長面前。

李浩仲依舊沒給阿瑟好臉色，反而極盡嘲諷的說道：

「聽說你老爸是老芋仔，但是怎麼會生出你這個皮膚黝黑又沒有一點外省人特徵的兒子？」

「你根本就是純種的原住民！」

腿部肌肉酸痛的阿瑟，被這番言語踐踏之後，已難忍身心的煎熬，不禁潸然淚下，無助的站在原地任由李浩仲擺布。

並非所有學長都如李浩仲那般殘忍沒人性。

一名已察覺有異的三年級學姐，對李浩仲過於無理的訓練方式早已心生不滿，於是挺身而出搭救受虐的四名學弟。

「你好重（李浩仲），你也適可而止吧！」

「他應該不止吐這一次吧？」學姐指著身體不適的學弟。

「我們當初被學長操，也沒你這麼狠。」

聽完，李浩仲一臉不悅的怒視袒護者說道：

「不然你想怎樣？」

「我們男生的訓練不用你女生來管！」

「我就是要管！」挺身而出的學姐說，「我還要將你私自更改訓練課表的行為告訴教練！」

聽到事態將會對自己不利，李浩仲於是提出一個可以轉圜，而且較有說服力的要求，那就是和四名學弟當中的一位來場一百公尺對決。

「如果我輸了，我就退出田徑隊！」

「但是，如果你們輸了。」

「抱歉！你們四個就給我安靜的消失在田徑隊裡。」

聽完李浩仲拿田徑生涯當籌碼的賭注之後，四人面面相覷，但最後還是接受了這荒唐的要求，於是派阿琛出馬一決高下，並決定命運的去留。

李浩仲做完暖身後，一副不耐煩的看著阿琛在置物櫃裡尋找釘鞋。事實上，那一雙早已被李浩仲藏匿於體育室的某個角落。

此時學姐適時的伸出援手，將自己的釘鞋借給阿瑟穿。粉紅色的女鞋，硬是被穿到緊繃得似乎要呼之欲出。

這是一言既出，駟馬難追的承諾，田徑隊的所有人都將成為見證人，於是紛紛來到賽道邊，要親眼目睹誰會離開。

這是兩人的初次對決，也是最後一次。

在一百公尺賽道的起跑點擺好預備動作後，一聲令下，兩人起跑了。由於釘鞋尺寸所造成的不適，阿瑟的速度也連帶遭受影響。

反觀李浩仲，步幅輕盈，不斷加速中。

5

力氣在稍早的訓練過程中已幾乎耗盡的情況下，速度上略遜一籌的阿瑟，吃力的看著對方奔跑的背影，受挫的思緒逐漸引來一股絕望。賽道旁的觀賽者也嗅到了輸贏的歸屬。

千鈞一髮之際，已沒了勝算的阿瑟，舌頭忽然在嘴裡的牙縫中，嚐到了經年累月所堆積的調味粉末，運動神經在味覺的刺激下，瞬間喚起慢慢甦醒的爆發力。提速後，急起直追來到五十公尺處，豈料早有預謀的李浩仲，賽前就安排同夥設法讓對方在賽道上遭遇狀況而敗北。說時遲，那時快，一顆石塊由場邊的人群裡飛進賽道，驚險的從渾然不知者的頭部掠過。

最後三十公尺，雙腿及雙臂的擺幅逐漸擴大，速度不斷提升的阿瑟，在眾人嘶吼吶喊的加油聲中，超越了瞪大雙眼的對手。疾速衝抵終點時，被甩在二公尺後的李浩仲馬上若有其事的手摸右大腿，試圖讓焦點轉移到因為抽筋才輸了比賽的氛圍上。對於這種因面子問題而找台階下的行為，明眼人則是心照不宣來看待。

比賽結果可讓其他受害的三人欣喜若狂，在終點處圍繞著英雄般的阿瑟高聲歡呼，終於可以脫離惡者的折磨了。

隨後，敗者依舊是手摸著大腿緩緩靠近阿瑟四人說道：

「這場比賽不算，因為我的腳抽筋！」

「我不想再和你們比勝負了！」

聽到這些話，感觸最深的嘔吐者，瞬間落下受盡委屈的眼淚。李浩仲沒再多說什麼，便以正常行走的姿勢轉身離去，擺明就是在耍賴。

在多天以後的某一刻，正義被伸張了，李浩仲一臉納悶的走進教師辦公室。一見到人，澎教練就問起一些有關惡整學弟和私自更改訓練課目的情事是否屬實。知道紙終究包不住火，當事人於是對所有指控坦承不諱，並央求網開一面，表示以後不會再干涉訓練，也不再找後進的麻煩。但是師長對作惡之人的處置，心中已有了決定。

「你要信守承諾，跑輸的人就該離開！」

「我不會讓一個品性有問題的人，破壞團體該有的良好風氣。」

「你是個擅長算計、城府又深的人，將來必定會在爾虞我詐的領域發揮長才。」

「我要跟你說聲抱歉，這裡不適合你。」

「你可以安靜的離開了！」

被趕出田徑隊的怒氣在下午放學時間見效了。澎教練發現愛車的右後輪沒氣，直覺第一個想到的，就是李浩仲，但又沒證據，於是摸摸鼻子自認倒楣。反觀躲在暗處察看的始作俑者，心中反覆同樣一句話：「活該……」

一個月後，澎教練欽點阿瑟在第二十屆花東中學田徑聯誼賽中，負責跑一百和二百公尺的項目。

6

經過賽前密集的訓練和澎教練的親自指導，知本國中的田徑隊選手們，一早搭乘學校那輛印有「特教班」字樣的唯一交通車，風塵僕僕的來到位在花蓮玉里鎮的玉里高中比賽會場。

這是一場行之有年的花東中學田徑聯誼賽，兩縣市的各國中、高中，分別派出菁英來應賽，也順便增加選手們的比賽經驗。

前來應賽的阿瑟，已在前一晚就將比賽必備的調味包裝入隨身的置物袋裡。鑼鼓喧天的開幕式結束後，就要迎來阿瑟升初中以來的第一場正式比賽。國中男子組一百公尺預賽首先登場。上午的氣候略顯炎熱，晴空萬里是主要的原因。

預賽分四組，各組取前兩名進入決賽，阿瑟被排在第三組。前兩組陸續完成比賽之後，就輪到了位在休息區的澎教練所關心的場次了，因為陣中有位初次代表學校出場的阿瑟。

阿瑟被排在第六道。

一樣的動作，先舔了幾口手掌心上的調味粉，驚覺這不是所熟悉的味道，直覺受託者應該是拿到他牌泡麵的調味包。氣急敗壞的阿瑟在嘴裡念了幾句長期供應的高木祥，在緊要關頭的時刻，竟犯如此嚴重的錯誤。

也沒辦法了，鳴槍在即。於是槍響之後，在少了熟悉的味道刺激下，阿瑟顯得有些忐忑。

還好預賽這一組沒有實力突出的選手在陣中，阿瑟驚險的以些微之差贏了排名第三的選手，擠入決賽名單。

觀賽的澎教練也覺得阿瑟今天的狀況不是很好。

提倡選手自由發揮，不給壓力的澎教練，秉持這多年的理念，不干涉阿瑟場上的表現。

比賽只為期一天，所以賽事相當緊湊，休息一個半小時之後，國男一百公尺決賽即將登場。冠軍頭銜也象徵該項目是屬哪一縣在稱霸，所以受矚目的程度可見一斑。

勉強舔了手掌那不對味的調味粉兩口，位在第五道的阿瑟左顧右盼起跑線上其他來自各地的生面孔，緊張的心情反而被陌生所帶來的冷漠，搞得有點慌。

「各就各位！」發令的裁判員高喊，「預備！」

響亮的槍聲彷彿打到起跑線上每位選手的神經，各個瞬間從起跑架上彈了出去，一溜煙已來到三十公尺遠的距離。阿瑟從餘光中看見第三道和第四道選手晃動的殘影，推算自己正處在第三順位。

比賽速度快又激烈，位於第三道的關山國中王大龍，正要邁開自己的步幅，有意將其他選手於五十公尺處全甩開，形成獨跑奇觀。

然而第四道瑞穗國中的選手鄭志勇，像個程咬金，想粉碎王大龍稱霸的美夢，以一步之遙緊追在後。

7

已用盡全力奔馳的阿瑟，足足被前方暫居一、二名的兩位選手拉開三公尺之遠，並且持續擴大，在離終點還有六公尺的距離，看著關山國中王大龍以些微的差距險勝瑞穗國中的王牌鄭志勇。

阿瑟在一百公尺決賽雖獲得第三名，但是自己卻覺得速度不該只有如此，算是心中的小遺憾。

下午的賽事，代表知本國中的阿瑟是該校所有參賽選手當中，唯一進入決賽的一位。

這場二百公尺的決賽名單裡，依舊有著一百公尺前三名的選手在陣中。經上午激烈的一番競逐之後，參賽者之間也了解彼此的實力。

帶著花東一百公尺冠軍的頭銜上陣，王大龍自然就成了大家所矚目的焦點。

縱然已知不對味，不能沒有調味粉的阿瑟，還是習慣性的舔了兩口，剩餘的再用雙手拍掉。

起跑線上的選手就位。槍響起跑，位在第二道的阿瑟依照自己的策略，在彎道毫無保留的全力衝刺，為得是要取得第一位衝出彎道的先機。

阿瑟所釋放的能量，讓後頭的王大龍和其他選手倍感壓力，因為就連居次者在彎道都足足被甩開二公尺之遠。

坐在休息區觀賽的澎教練，不像同隊選手們那樣興奮吶喊的反應，嗅到的則是猶如災難的反效果。

果不其然，第一位進入直線區的阿瑟，先是在一百三十公尺處被後來居上的王大龍超越，再陸續被瑞穗王牌鄭志勇追過，步幅逐漸縮短，速度也隨之下降，不斷被後方的選手一一追上，最後衝抵終點線時，只能以第六名作收，這結果讓知本國中的隊友們相當詫異。

所有賽事結束，脖子掛著獎牌的阿瑟，和所有選手一同坐在澎教練所駕駛的特教班專車上，往台東的方向駛去。

多天後，對賽場上挫敗的滋味還耿耿於懷的阿瑟，從家中電視看到某所國中棒球隊在訓練球員肌耐力的方式。

棒球隊員各個在腰際上綁著繩索，拖著身後的廢輪胎衝向上坡。鏡頭對著每位球員的臉部作特寫，竟是不費吹灰之力的各個面帶微笑，絲毫不見任何痛苦猙獰的表情。

某日放假，阿瑟託最大供應商高木祥提供一條汽車的廢輪胎。

高木祥於是冒著被部落居民懷疑是在偷竊的風險，將輪胎慢慢滾到通往阿瑟家的那條山路起點。

已在山下等候的阿瑟提著一捆繩索，將高木祥送來的廢輪胎綁緊，而另一端則繫在自己的腰際上。之後便開始仿效棒球隊員的訓練方式。

8

阿瑟朝著山坡高速衝刺不到二十公尺就停止了，於是上氣不接下氣持著懷疑的口吻說道：「他們是怎麼辦到的？」

因為在節目中那群棒球隊員，不只高速衝向上坡，而且還面帶微笑邊跑邊呼口號，甚至還唱歌。

想要擁有如此優異體能的阿瑟，在高木祥的勸說下，建議先改由摩托車拉著跑，適應了以後再拖輪胎也不遲。

滿身大汗、氣喘如牛的阿瑟接受了高木祥的建議。

翌日，老麥答應了荒唐的請求，騎著摩托車來到山腳下，將繩索的一端綁在摩托車後方的鐵架上，而另一端就綁在兒子的腰際上，並遵照指示以低速前進。

絲毫感覺不到摩托車的拉力，於是要求父親再騎快一些時，後方傳來不妙的聲響，一隻獠牙尖銳的公山豬，正準備朝阿瑟衝撞。

阿瑟見狀，求生的本能馬上被喚醒，迅速解開繩索，嚇得向前逃。原本在前的老麥，突然被後方的兒子超越，頓時也慌了，差點連同摩托車一起倒在地上，所幸即時補足油門，並靠著機智，巧妙的擋住了山豬的去路，才總算脫險。

承受著命在旦夕的威脅，阿瑟頭也不回的一路向前衝，直到進了山腰上的家門內，才似乎感到危機解除。

一段時日過去，那種被山豬追殺的陰霾才慢慢有所釋懷。

還沒練得如棒球隊員那般勇猛的體能之前，阿瑟還是不願放棄拉輪胎的特殊訓練，已不再奢求父親的幫忙，只希望能早日達到自己夢想中的境界。於是又再度來到山腳下這起點，拖著身後的輪胎，吃力的衝向上坡。

在這條坡道上，已反覆訓練多天後，阿瑟思索著那天是哪來的一股力量，能一路衝到山腰上的家中。靈光一閃，一隻獠牙銳利的山豬，來到腦海中那片漆黑的舞台上，在聚光燈的照射下粉墨登場，終於找到賜予神力的來源了。

話不多說，接下來阿瑟提著一桶油漆，在胎面塗上「山豬」兩個字。

從此以後，阿瑟將所拉的輪胎擬化成當天那隻凶惡的山豬。果然有效，利用這招衝向上坡的速度一次比一次快，並決定將這訓練的招術取名叫「山豬的爆發力」。

體能著實有了漸漸茁壯的變化，彈指間，阿瑟已升上國中三年級，也是澎教練該出手調教的時機了。

這重要的訓練是在增加肌群的強度，用來提升肌力、爆發力及肌耐力，也就是俗稱的重量訓練。阿瑟和其他同為三年級的田徑隊成員們，專心看著澎教練親自示範，不怒自威的教學態度搞得大伙不敢眨眼，深怕疏忽了關鍵動作，會遭來難以想像的責罵或懲罰。

9

在澎教練的監視下，所有人輪流做負重深蹲的動作，過了一會兒，每人輪了十趟次後，大腿開始出現酸痛的現象，無不滿身大汗。

幾天的教學之下，田徑隊的成員已大致可以拿捏出正確的多種重訓動作。訓練過程中，成員們也愈做愈有心得，甚至還自行加重到超越澎教練所規定的重量。

見大家愈舉愈重，澎教練終於講話了：「這裡是田徑隊，不是舉重隊！」

頓時大家一副突然回過神來的表情。

「你們要將力量展現在速度上。」彭教練說，「重量訓練只是要讓你們的肌肉變得更有力！」

這下，所有田徑隊成員才有所領悟。

在密集且持續的訓練下，也終於等到展現成果的時刻了。

今年的台東縣中小學聯合運動會，會是阿瑟國中生涯最後一次參賽。

澎教練一樣為阿瑟報名參加一百公尺和二百公尺的項目。

一百公尺預賽中，阿瑟被分在第三組出場，並輕鬆的以第一名之姿取得決賽資格。

稍後，決賽登場。

誰會是台東今年的最速國中生，是場邊所有觀眾在乎的焦點，已闖出「花東最速國中生」封號的王大龍，幾乎一面倒的被預測能摘冠。

阿瑟升上三年級後，身高明顯增長許多，一下子就和澎教練一七五的身高相同，四肢的肌群也變為壯碩發達，散發出一股頂尖短跑選手的氣息。

一百公尺決賽的起跑線上，站著第四道的王大龍，旁邊是第三道身高略矮將近五公分的阿瑟。一米八的身高在同齡的選手裡就如鶴立雞群般突兀，這或許跟阿美族身材高挑的基因有關。

王大龍的家人也在賽場的看台上，等待榮耀來臨的那一刻。

裁判大聲發令，所有選手屏氣凝神，雙腳踏在起跑架上，擺出預備動作。剎那，槍響。起跑線上八位選手瞬間釋放氣勢磅礡的爆發力，並駕齊驅、旗鼓相當的畫面，讓觀賽者也感染到那股澎湃激昂的競賽氛圍。

嘴角還留有調味粉殘渣的阿瑟，從激烈晃動的視線裡，只能靠右角餘光來目測與王大龍之間的距離，推估彼此還在同一條平行線上。

速度之快，兩人在五十公尺處形成對決的狀態，其他選手硬是被狠甩在三公尺之後。

場邊嘶吼吶喊的觀眾情緒變得沸騰。

在發達的肌肉加持下，領先的兩位選手以同樣的優勢開始提高速度。最後三十公尺處阿瑟使出了生平第一次公開亮相的招術「山豬的爆發力」，迅速拋開糾纏，讓王大龍初嚐跌下冠軍寶座的滋味。

10

密集辛苦的訓練總算得到了應有的回報。在猶如卡爾・路易士的跑姿下，以驚人的速度通過終點，現場所有人見證了阿瑟將原紀錄推進將近一秒鐘，締造了前無古人的十秒五六，這成績還優於高中組。

新任的保持人在終點處接受了地方記者的採訪。王大龍遠遠望著被媒體包圍的阿瑟，不禁打從內心道出：「這個人已經不是對手這種角色了，而是更高一階的紀錄締造者。」

「麥阿瑟」這三個字已經成為運動場上最紅的名字，想不被影響都難。

下午的二百公尺比賽，阿瑟在所有人的關注下，毫無意外的挺進了決賽。

決賽的選手名單裡依舊還是出現王大龍，但實力早已在較勁之後被摸透，所以只想保住老二的位子，然而在預賽中卻有一位東海國中的選手，成績平了大會紀錄，憂心之餘，也使得另一位奪冠機會濃的阿瑟有所戒心。

外傳這名實力不容小覷的東海國中選手，是從中國大陸轉學來台就讀的特殊學生，果然連跑姿都讓人覺得不道地。

二百公尺決賽即將開始，大會司儀依道次唱名介紹。阿瑟被分在第三道，王大龍第五道，而預賽成績最好的東海國中選手，則排在第四道。

對於多出一名來勢洶洶的競爭對手，關注者也無法肯定誰會是最後摘冠的那位選手。

聞預備口令後，全場靜默等待槍響。

鳴槍起跑，跑道上八位選手瞬間從起跑架上彈了出去，各個展現出勇猛的爆發力。

選手們在疾速下擺動的雙腿，所呈現的畫面激烈得讓人屏息，緊張刺激的程度不亞於成年人的比賽。

在彎道上還很難判定選手之間的差距，直到過了彎道，第一位衝到一百公尺起點的選手竟是東海國中那位黑馬，緊追在後的是阿瑟，暫居第三的是六道的選手，王大龍則落在第四位。

進入直道後，暫時領先的黑馬開始奮力加速。王大龍畢竟有「花東最速國中生」的稱號，所以衝刺的速度也不能太遜色，於是在最後五十公尺處先發難，朝領先者發動攻勢。

王大龍在激烈的晃動中，追過已不再是黑馬的東海國中選手，但也料到會有難以置信的速度從後頭追上來。

「該出招了！」阿瑟在心中激昂的吶喊，「使出山豬的爆發力！」

看台上所有觀眾，包括澎教練，瞠目結舌的看著阿瑟以勢如破竹的驚人速度，追過前方兩位選手，率先以三公尺的優勢，硬是將王大龍拋在第二的位置衝過終點。

「這小子跑得也未免太快了！」澎教練在心中犯嘀咕，「一點都不像我教出來的選手。」

11

大會司儀隨即向會場報告好消息：「我們恭喜知本國中麥阿瑟選手，又再次刷新紀錄！」

二百公尺的原紀錄被阿瑟改寫後，快了將近一秒，以二十一秒二九再度榮登締造者的頭銜。

賽事結束後的隔天，報紙上的地方報導，登出了阿瑟的照片，並詳細記載比賽的結果和成績。

多天後，知本國中的教務處響起一通電話，電話的那頭是頂頭上司教育部裡的某位官員。

接到電話的澎教練受到指示，要負責擔任下個月台日中學田徑對抗賽的總教練一職，而隊中的阿瑟被相中成為出賽選手。其中還有關山國中的王大龍也受教育部徵召。

比賽的前一天，老麥將自己那袋印有「太麻里農會」字樣的行李，借給兒子裝上隨身衣物，並一早載著出征者去知本火車站和澎教練會合。

踏上前往台北的莒光號列車，第一次離開家的阿瑟，看著父親站在車站大廳內的欄杆邊，朝著兩人不停揮手，心情瞬間化為眼角那兩行不捨的熱淚。

「沒事，我們很快就會回來了。」澎教練瞧見離別的傷感，便輕拍阿瑟的肩給予安撫。

八個小時的車程，總算來到繁華的台北。初次走在夜晚的台北街頭，手提著那袋「太麻里農會」字樣的行李，都會絢爛五彩的霓虹，讓阿瑟對這陌生的大都市好奇得不斷仰頭張望。

一早，依上級給予的指示，所有被徵召的全國各地國中組男選手們，在澎教練的帶領下，來到台北市立體育場適應場地，並集體訓練。

陣中身高一米八和一米七五的王大龍及麥阿瑟，令其他隊友另眼相看，這兩人也是陣中唯一擁有原住民阿美族血統的選手。

明天就是比賽的日子，澎教練要選手們多去適應場地，感受一下跑道的特性。

大部分的選手都是第一次在這麼優質的比賽場地出賽，心裡不免有些受寵若驚。

這時，也來適應場地的客隊一行人浩浩蕩蕩走進體育場，就在彼此初相遇的剎那，身穿白色隊服的日本隊選手集體向澎教練一群人鞠躬大聲問好。此舉讓台灣這一方的帶隊者不知所措，趕緊也叫自己的選手們鞠躬回禮。

然而讓日本選手頻頻回頭望的，依舊是王大龍那鶴立雞群的身高，讓來訪的跳高選手自嘆不如的以為將遇到強敵，殊不知被誤會的這一位，連背越式的技巧都不會。

隔日上午，台日田徑對抗賽的第一場次，十五歲以下簡稱U15，男子一百公尺預賽登場。台日兩地優秀的選手在此匯集。台灣所派出的選手中依舊是王大龍和麥阿瑟最受矚目。

預賽第二組出場的王大龍，以毫無懸念的優勢取得決賽資格。

12

比賽持續進行，輪到第四組登場，位在這一組第五道的阿瑟一臉憂慮，因為原本握在手裡的調味包不知掉在何處，只好藉由味蕾在嘴腔裡慢慢尋找調味粉的餘味。

不能沒有調味粉助陣的阿瑟，已視它為大力水手不能沒有菠菜一樣重要。

忐忑的在起跑線上就位，一聲槍響，跑道上八位選手齊頭並進。不想讓教練失望的壓力促使下，阿瑟緊咬著奔馳中的領先者。

速度的差異很快就讓慢慢被其他選手超越的阿瑟感到欲振乏力，來到五十公尺處，勉強暫居第四，而前方三位選手全都是日本人。

看台上，澎教練也被阿瑟的劣勢感到憂心。

暫時第一的選手名叫高田一也，今年才剛在日本中學田徑賽創下比阿瑟還快的十秒四三成績。

阿瑟在用盡全力的猙獰表情之下，於內心深處激昂的大喊：「使出山豬的爆發力！」

迅速提高速度的阿瑟，全身四肢在疾速下的擺幅速率著實驚人，逐漸擴展的步幅一下子就追過了暫居第三和第二名的兩位日本選手，最後二十公尺，本想一鼓作氣連同日本的王牌一併超越，無奈高田一也領先太多，無法在如此短的距離內實現大逆轉，最後僅以一個身子之差居次。

將速度展現於現場觀眾面前，所引來的則是日本隊總教練訝異的表情，這名田徑知識豐富的資深教練，察覺到一個驚人的可能性，依阿瑟剛剛所施展的末段瞬間加速力，就算是與高中選手一同在賽場上較勁，都還是有可能登上頒獎台。

雖以第二作收，阿瑟還是如願和王大龍挺進最後決賽。

長期以來都是日本選手抱走U15一百公尺項目的冠軍寶座，如今在王大龍和阿瑟異軍突起的表現之下，局勢似乎出現了前所未有的可看性。

約一個半小時之後，場上觀眾和採訪媒體所關注的一百公尺決賽如期進行。

來自日本岐阜縣的高田一也，被排在預賽成績最優的第四道。台灣選手麥阿瑟和王大龍則分別排在第三道及第五道。

稍早在檢錄過程中，阿瑟在地上看到了那包遺失的調味包，失而復得的心情就好比如魚得水一般，這下便無後顧之憂了。舔上兩口手掌上的熟悉味道，舌頭舔拭乾淨雙脣上的粉末之後，雙手拍掉剩餘的調味粉，自信便不由自主的從淺淺的微笑中顯露出來。

起跑線上八位選手聽從發令員的口令，擺出蓄勢待發的起跑預備動作。全場觀眾屏息凝視。

槍響，展現勇猛爆發力的台日八位頂尖選手，一下子就衝到十公尺處。高田一也率先竄出成為領先者。疾速奔馳來到中段，很快就呈現領先群和落後選手之間的分水嶺。

這三位領先者中，王大龍居次，阿瑟則暫居第三。

13

最後三十公尺，日本選手高田一也開始作最後發力的機會，表情略顯猙獰。落後至少二公尺的王大龍，也放手一搏作最後衝刺。瞪大的雙眼也說明了想極力保住第二名的渴望。

然而阿瑟一抹遊刃有餘的微笑，在激烈的競速中彷彿投下了含有變數的伏筆。一句「該是時候了！」阿瑟的雙腿和雙臂瞬間高速擺動，步幅逐漸擴大。

「哇！」觀眾驚呼。

短短三十公尺，阿瑟以跌破專家眼鏡的驚人加速力，硬是讓高田一也煮熟的鴨子飛了，最後只能無力望著後來居上者的背影。

這帶來恥辱般的逆轉，讓通過終點的高田一也氣得仰頭大叫一聲。

精彩的逆轉結局迎來到場加油的觀眾一片叫好。

澎教練也鼓掌叫好，內心忍不住稱讚一句：「好小子！」

表現令人側目的阿瑟在隔日報紙的運動版，被斗大的標題寫上「台日最速國中生」的封號。

頂著所向披靡的封號，在第二天的四百公尺接力賽登場。澎教練將自己所培養出來的選手排在三、四棒，而其他被徵召入選的選手則負責一、二棒次。

這是一場精彩可期的飆速大賽，各隊將精銳盡出，擺出最佳陣容來應賽。有了昨日如民族英雄的逆轉表現，今日來到現場加油打氣的民眾明顯變得踴躍。比賽即將登場，選手們站在各自的接力區，做最後的萬全準備。

負責擔任第一棒的各隊選手，在起跑線上緊張的等候鳴槍。槍響後，跑道上第一棒的選手們奮力向前衝。阿瑟這一隊負責跑第一棒的選手，是來自台中沙鹿國中的洪明雄。澎教練因為看上其反應迅速，所以安排在重要的棒次。

但來自山口縣周陽中學的日方其中一隊，很快就從第一棒選手的速度中展現實力，頂著日本全國中學本項目三連霸的輝煌紀錄，在順利交棒給第二棒的選手之後，領先的距離已讓其他隊難望項背，不免讓該隊的總教練暗暗自詡：「這才是台日一等一的實力。」

阿瑟這一隊擔任第二棒的瑞穗國中王牌鄭志勇，也是一時之選，雖被暫居第一的周陽中學拉開四公尺的距離，但還保有第二順位。

準備將棒子交給第三棒的王大龍時，發生致命的失誤，棒子險些掉落地面，還好在千鈞一髮之際又神奇的接住了，但順位也已落居第五。

「王大龍，靠你啦！」澎教練內心激昂的喊著。

彷彿被安裝聲控設備，王大龍立刻展現花東最速國中生昔日封號該有的實力，在彎道處一連追過三名日本選手，獨留一位就給最後一棒的阿瑟來擔當終結的角色。

頂著「日本最速中學生」的封號，怎能容許自己在同一個賽場上，被同樣的對手擊敗兩次。所以在接到棒子之後，暫居第三的高田一也爆發驚人的衝刺速度，一下子就追過阿瑟，並逐漸向領先的周陽中學最後一棒接近中。

14

看台上的觀眾加油吶喊因此更為激烈。澎教練原本所期望的坐二望一，瞬間變了調。嘴裡含著調味粉的阿瑟在熟悉的衝刺道上，緊追在高田一也之後。關注者察覺到，暫居第一的選手很有可能會被逐漸趕上的後兩位選手追過。

果不其然，在距離終點只剩五十公尺時，高田一也發揮高人一等的衝刺實力，成為了領先者，阿瑟依舊位居第三。

在緊繃的神情之下，阿瑟抓準時機，內心深處大喊：「使出山豬的爆發力！」足以感動現場激情者的瞬間加速力，又再次呈現在觀眾的眼前。高速下的手臂擺動及腳程速率，令緊盯賽況的關注者無不震撼。

已落到位居第二的周陽中學最後一棒選手，不敢鬆懈的奮力向前衝刺。結果一個從後方竄升上來的人影，顛覆了被超越者對速度的理解力，自認已在如此高速下，不可能出現反常的更高速。的確阿瑟所展現的速度已經嚇到對手，並持續朝前方施展披荊斬棘的本領。

「我就快到終點了，你休想追過我！」飛奔來到最後二十五公尺的高田一也，內心深處向阿瑟大聲宣告。

說時遲，那時快，高田一也才剛萌出妄為的想法，就眼睜睜看著阿瑟以令競逐者無力迴天的速度掠過。

「哇塞，那位選手跑得真快！」觀眾不時發出驚呼。

衝過終點線，阿瑟又再次讓高田一也吃癟，以驚奇的加速力重演逆轉秀。看台上的台灣選手們樂得是合不攏嘴。

比賽結束，澎教練為了要犒賞辛苦奮戰的選手們，特地將這群幾乎都來自鄉下的小將全帶去西門町見識一下何為首善之地的繁榮。

特別是奪得兩面金牌的阿瑟，澎教練很在意這位最大功臣的心情，深怕自己有所慢待，所以還得隨時注意其面部表情。

步行於入夜後霓虹閃爍的街道，人潮擁擠所呈現的繁華景象，讓初次造訪的選手們各個都陷入一股令人迷惑且無法自拔的心境中。

混入熱鬧擁擠的人群裡，阿瑟在思索某個人的存在，那就是從兒時到如今還未謀面的生母。從家中那幾張泛黃的相片中，看到襁褓中的自己被母親抱在懷裡，便是腦海中那僅存的形象。

阿瑟想起父親那句：「你媽媽離開我們到台北去了！」

「現在這地方不就是媽媽的棲身之地嗎？」在華燈下四處張望的阿瑟內心呼喊，「媽媽你在哪裡？」

見阿瑟東張西望似乎是在尋找什麼？澎教練也意識到選手們應該都餓了，於是來到一處攤位，買了一人一份的雞排，大伙站著大快朵頤便不由自主的都笑了起來，或許是那招牌上「超營養大雞排」的字樣太有創意才引起選手們捧腹。

征服亞洲

1

國中畢業在即，澎教練為了要讓阿瑟天賦異稟的跑步才能繼續在賽場上發光發熱，於是將愛將引薦給大學時期的學長童貴發來繼續琢磨這顆璞玉。

畢業典禮結束當天，阿瑟手握著畢業證書和紀念冊，被澎教練叫來辦公室與遠道而來的未來教練童貴發來場別開生面的初相見。

見到未來教練粗獷的面孔，原本就顯得有些緊張，後來又感覺到某些難以親近的特質，阿瑟對澎教練的引薦因而萌生抗拒的念頭，主要還是擔心在陌生的環境下，得不到依靠反遭冷漠對待。

見愛將有所疑慮，澎教練隨即要學長向阿瑟來個誠懇的自我介紹。

童貴發一開口，那猶如黃鶯出谷的高八度音域，馬上將僵硬的氣氛溶化。

阿瑟心想：「怎麼會有男人的聲音像花旦在唱京劇！」

童貴發才說沒幾句，阿瑟再也忍不住的笑了出來。

「沒禮貌！」澎教練怒斥阿瑟，「童教練在講話，你在那邊笑什麼！」

但是阿瑟愈忍笑得是愈大聲。

「沒關係，已經習慣別人第一次聽到我聲音時的這種反應。」童貴發對著澎教練說道。

就當作是對恩師的回報，阿瑟欣然接受了澎教練的引薦，願意在童教練的指導下繼續在賽場上發揮長才。

確定進入關山工商童貴發門下的阿瑟，在一個月後新生報到及註冊的日子，坐在老麥所騎的摩托車後座，一路從太麻里的荒野部落，直奔五十公里外的關山鎮。一個小時之後，坐在機件感覺隨時會解體的摩托車上，雙腿雖然發麻，但也驚覺這是被載過最遠的一次路程。

越過了一望無際的稻田和甘蔗園，風塵僕僕的進入了位於關山鎮鬧區內的關山工商校園。

跟著父親的腳步，走到了繳學費的總務處出納組，眼前某位新生的背影吸引著阿瑟的目光。

「王大龍！」阿瑟大喊。

回頭的人果真是王大龍，兩人因此高興的走向彼此。

「我們以後就有伴了！」兩人高興的互道。

在繳費的過程中，校務人員誤把老麥當作帶孫子來學校的家長，場面被搞得有些尷尬，得體的父子倆不以為意，反觀是失禮的一方在頻頻賠不是。

多天後，已入住學校宿舍的阿瑟及王大龍，隨著開學的腳步，也開始了首次的田徑訓練。在東部無情的烈陽照射下，散發著熱氣的紅色ＰＵ跑道，還因此形成類似海市蜃樓的物理現象，畫面顯得格外滾燙。在學長們的訓練下，連續跑了十趟二百公尺，訓練結束後，其中一位因水土不服，身體陸續出現不適的症狀，隨後甚至嘔吐在地。

2

負責代訓的這幾位學長，雖然同樣有著阿美族的血統，但似乎都不領情，反而趁機嘲笑阿瑟的名字只差一個字就可以成為美國五星上將「麥克阿瑟」了。

入夜躺在宿舍床鋪上忍著身體不適入睡的阿瑟，其實早已發高燒，自己都沒察覺，更沒人知道。

沒向童教練和任何人求助的阿瑟，隨著漸漸適應了新環境之後，身體的抵抗力也慢慢恢復，所有症狀也都莫名痊癒。

入學兩個月後，迎來升上高中的第一次出征，基於優秀的二、三年級選手眾多，阿瑟和王大龍隨隊的性質被童教練視為觀摩學長表現的比賽，以利於往後延續關山工商田徑強權的地位。

這次的秋季田徑賽，多了一所新成立的國立台東體育中學，該校的理念與宗旨，是要網羅全國各地的優秀年輕選手加入，並配合政府有意栽培田徑未來之星的長遠計畫而設立。

運動場上的選手們競爭相當激烈，有國小、國中及高中三種組別參與。

緊接著輪到現場觀眾最在乎的高中男子組一百公尺決賽。預賽成績是位於第四道台東體中選手的十秒八六為最優，依序才是關山工商、台東高商和台東農工的選手，其餘的學校，實力則皆為平庸。

童教練雖然對自己的選手有信心，但眼神還是透露出一點不安。

「各就各位！」發令員大喊，「預備……」

槍響，八名選手齊發。起跑要以第三道的關山工商選手反應最快，一下子就暫居領先位置，緊接在後的是台東農工排灣族的選手，再來才是引人注目的台東體中新面孔。

決賽中選手們衝刺的速度明顯快於預賽許多，變化也在轉瞬間。

扮豬吃老虎的台東高商第五道選手，於五十公尺處提速追過暫居第二和第一的對手，竄升到領先位置。

就在大家認為大勢已定的同時，賽況又有了令人意想不到的新變化，原本看好能奪金的台東體中選手，在極短的最後三十公尺，發揮異於常人的爆發力向前加速，驚奇的逆轉了局勢，並成功甩掉所有選手。同時，始終保持在後的關山工商選手，也展現出應有的實力，慢慢向前追趕，緊接在領先者之後。

最後通過終點線，台東體中奪冠，關山工商居次，台東高商選手第三。

異軍突起的台東體中，囊括了所有田徑項目的金牌。關山工商想要連續第十六年拿下高中男子團體組冠軍的美夢，硬是被剛成軍的勁旅粉碎，童教練總算嚐到居次的滋味。

3

隨著日子一天一天的過去，在關山工商的阿瑟也脫離了一年級菜鳥的學習過程升上二年級。童教練的承諾，也要在這時兌現了。

和王大龍苦蹲在完全沒比賽的長期訓練之下，阿瑟已蓄滿了十足的能量準備應賽。

初次代表關山工商出賽的阿瑟及王大龍，來到熟悉的台東縣立體育場，參加學界的年度賽事——「台東中小學運動會」。

重回曾經寫下輝煌戰績的同一處賽場，阿瑟在一百公尺的起跑點，聞到了只有台東縣立體育場才有的特殊氣味，於是記憶中那些競賽的畫面，便像蜂擁而至的幻燈片在腦裡快速播放。比賽在即，思緒不免有些混亂，還好手中握著一包泡麵調味包，無比的自信便油然而生。

高男組一百公尺預賽，隨著國小、國中組的選手相繼出線之後緊接著登場，共分四組，每組各取前優二名進入決賽。

被分在第一組第八道的阿瑟，邊嚼著嘴裡的粉末，邊偷瞄位在第三道紅色運動衫的台東體中選手。

光是調整起跑架的架勢，台東體中的選手就以達到嚇阻其他選手的效果。

在裁判員的發令下，選手們紛紛就位，童教練在看台上屏息凝視。

槍響，八位選手瞬間從起跑架上彈了出去。十公尺處還是並駕齊驅的局面，但過了二十公尺處，著紅色運動衫的跑者已略顯擺脫了昏庸者的糾纏，慢慢擴大領先優勢。

「那麼醜的跑姿！」阿瑟邊追，邊鄙視領先者奔跑的背影。

「是時候了。」阿瑟內心激昂的高喊，「使出山豬的爆發力！」

衝刺來到五十公尺處，位於最外道的阿瑟大腿明顯抬高，步幅擴大，步頻速率爆升，瞬間掠過措手不及的台東體中選手，摘下這一組的第一，順利進入決賽。

「怎麼可能！」台東體中選手發出驚嘆，「這個人的速度也太快了！」

關山工商所派出的另一位選手王大龍，在稍後出場的第二組也同樣闖進決賽。在決賽中，王大龍被分在阿瑟右邊的第五道，而第三道則是台東體中另一位較有實力的選手。

場上所有人見識到阿瑟非凡的實力之後，便開始將目光聚焦在所參與的比賽上。選手紛紛就位之後，緊張的時刻在槍響的剎那飆到最高點。蓄勢待發的選手們，在起跑的瞬間釋放出驚人的能量向前衝。

一會兒就有選手跨出領先的優勢，那就是第五道的王大龍，緊接在後的是著紅色運動衫的跑者。衝過五十公尺處，阿瑟竟然暫居第六，童教練驚覺大事不妙，原來是喉嚨被調味粉嗆到，身體一時感到不適，最後驚險的在僅剩的三十公尺，千呼萬喚使出「山豬的爆發力」，奔馳的身影一下子就溜到最前頭的冠軍寶座。

4

「這小子是哪來的神力，能創造如此奇蹟？」童教練又再次發出驚嘆。

搶下第三的王大龍還因此走到阿瑟身旁，並拍了其肩膀說道：「從今以後，我就稱呼你為，奇蹟小子！」

有了如此華麗的封號之後，下午登場的二百公尺項目，阿瑟依舊在場上施展所向披靡的氣勢摘下冠軍。王大龍則是第二枚銅牌入袋。

最後來到競爭激烈的團體項目，四百公尺接力決賽。

為了要湔雪前恥，關山工商陣中搭配了經驗豐富的三年級學長，對阿瑟和王大龍來說，簡直就是如虎添翼，爭奪冠軍的信心也因此大增。

而台東體中去年剛成校，就以初生之犢不畏虎之姿，在全國中等學校運動會中，奪下高男四百公尺接力冠軍的榮銜，今天要拿下冠軍，可說是易如反掌。

倍受矚目的高男四百公尺接力決賽馬上就在眾所期待中登場。

這場比賽最引人關注的莫過於台東體中和關山工商的對決。

阿瑟被童教練安排在最後一棒這最重要的位置，因為也只有這一棒能扭轉乾坤。至於次要功臣王大龍，則負責彎道加速的第三棒。

第一棒的各道次選手，聞「預備」口令之後，繃緊神經蓄勢待發。槍響，第一棒的各隊選手奮力向前衝，位於第四道紅色上衣的台東體中，立刻展現其體能的優勢，成為最先完成交棒的隊伍。

在第三棒選手們的競爭中，關山工商以落後將近一公尺的距離緊追著領先的台東體中。

從這一棒中可看出領先者想拉開與居次者之間的差距，無奈遭遇到實力更勝一籌的王大龍。後者疾速中的腳程是愈衝愈快，幾乎有可能迎頭趕上前者。豈料在慢慢失去優勢的情況下，台東體中的選手自知隨時會被超越，於是急中生智，趁對方逐漸靠近時，便刻意將擺動的右臂往外甩，企圖影響被逆轉的可能。看見對手這陰招，受阻這方便採取閃避的方式來應對。這關鍵的一刻，雙方的手臂終究還是相互碰觸，幾乎纏在一起，全場觀眾看著二人因失去重心紛紛栽跟斗於跑道上。

驚嘆聲之後，原本第三的蘭嶼高中，見機不可失，加速超越跌倒的兩人，意外竄升為暫居第一的位置。

率先爬起來繼續追趕的王大龍已落後蘭嶼高中的選手十公尺之遠，總算交棒給心急如焚的最後一棒。

一握到棒子，不加思索的阿瑟內心高喊：「使出山豬的爆發力！」

速度明顯比其他選手都快許多的阿瑟，讓現場觀眾不斷大聲吶喊，期待著能追過蘭嶼高中創造奇蹟。於是這眾所矚目的焦點人物，雙腳擺動的速率快得讓人感到震撼，在離終點只剩三公尺時，成功逆轉了想撿便宜的對手，以幾乎同時到達終點的千分之一秒差距，驚險摘下金牌。

5

最終還是讓失去了一年的高中男子團體組冠軍獎盃，重回關山工商的懷抱。賽後的頒獎儀式上，童教練站在領獎台高舉著獎盃，難掩激動的心情，流下了喜悅的淚。

關山工商也順利取得下個月在花蓮所舉辦的八十三年度，全國中等學校運動會的比賽權。

經過整整一個月密集的加強訓練，關山工商的選手各個都顯露出無比的自信準備應戰。

千里迢迢來到位在花蓮的比賽場地，現場已是滿滿的人潮，全國各地的菁英匯聚於此，要為自己的學校爭取榮譽。

負責短跑項目的阿瑟及王大龍，在早上的賽程都順利取得一百公尺複賽的資格。

然而在稍後的複賽當中，因為太過於輕敵，只用七分力不到來應賽的阿瑟及王大龍，驚險的以倒數第一和第二的資格進入決賽，差點就被淘汰。童教練還為此大動肝火，怒斥兩人草率的心態。

第一次被童教練以嚴厲的口氣責罵後，阿瑟的心智也因此得到了增長。

下午場次的高男一百公尺決賽，在國中組陸續比賽結束之後接著登場。

分別被排在第八道和第一道的阿瑟及王大龍，神情嚴肅的將起跑架調整到符合自個兒身材所需的角度和間距。其間這兩人望了一下看台上雙手交叉於胸前的童教練，嗅到正被一股未消的怒氣監視著。

道次依序是：第一道的王大龍，第二道的北門中學，第三道是昔日瑞穗國中的鄭志勇，現在是玉里高中的選手。第四道則是曾經和多位出賽者合作過的大甲高中洪明雄。第五道是傳統強隊桃園高中，第六道楊梅高中，第七道是近年來表現突出的建國中學，第八道是麥阿瑟。

撕開泡麵調味包並倒入手掌心，舔了兩口後，阿瑟就拍掉剩餘的粉末。聞「各就各位」口令後，起跑點八位選手紛紛走到前方自個兒的起跑架上，隨即在下一個指令擺好預備動作，屏息等候被高舉的發令槍響起。

鳴槍後，位於中間跑道的玉里高中鄭志勇率先衝出，並逐漸拉開與其他選手的差距。

相較其他選手的身形，鄭志勇就顯得又矮又壯，跑步的態勢極具爆發力。

約莫五十公尺處，速度顯然已無法再提升，竟被後來居上的大甲高中洪明雄抛在後頭，難忍居次感受的鄭志勇恢復加速力，瞬間又將第一的領先優勢搶了回來。

「該是時候了！」阿瑟內心大喊，「使出山豬的爆發力！」

在最後三十公尺處，童教練看到了所期待的震撼加速力，阿瑟從跳動的視線中，看著鄭志勇的背影逐漸向後脫離，前方已無人了。

阿瑟率先衝過終點線，第二位通過的居然是王大龍，而鄭志勇以些微之差落敗，拿下第三。

「這兩個人是什麼時候追上來的！」鄭志勇感到一陣莫名，並懊惱烤熟的鴨子飛了。

6

第二天的賽事，輪到另一項精彩的短跑比賽——二百公尺。

被警告不可再輕敵的阿瑟、王大龍，分別排在預賽的第一組和第六組。

在第一組出賽的阿瑟輕鬆晉級，然而王大龍這一組，不巧遇到了實力相當的鄭志勇及洪明雄在陣中，這簡直就是決賽的前哨戰，三位當中必然會有一位將被淘汰，誰都不想在預賽中就出局。

阿瑟及童教練都期盼王大龍能順利甩開強敵的夾擊晉級到複賽。這場硬仗，王大龍有的只是身高優勢，及腿部較對手來的長，其餘的都要靠本身的實力了。

腹背受敵的王大龍，剛好就排在鄭志勇和洪明雄之間的第四道，擺好預備動作，靜待槍響的同時，三人也感受著彼此所帶來的壓力。

剎那間槍聲響起，全場觀眾將目光聚焦在跑道上奮力向前衝的八位選手。選手們在彎道所展現的速度相當驚人，甚至讓現場觀賽的一位老嫗直呼：「比我騎摩托車還快！」這種形容或許誇張了點，但是王大龍如果不使出渾身解數，有可能會嚐到陰溝裡翻船的滋味。

衝刺來到關鍵的直線賽道上。

「這最後的一百公尺，攸關我的未來，我不能輸！」王大龍在進入膠著的賽況中感受著危機。

原本的勢均力敵，卻在最後五十公尺處敗陣下來，王大龍幾乎已無力回天，只能眼睜睜看著前方的洪明雄與鄭志勇在爭奪分組第一的背影。

就在這時，王大龍在激烈晃動的視線中，看到母親站在終點附近觀賽。由於從小到大未曾讓雙親失望過，抬腿的高度於是不由自主的向上提升，同時擺臂和腳程的速率也逐漸增高，一會兒就以夾縫中求生存之姿，順利甩開洪明雄與鄭志勇三道、五道的夾擊，以僅僅三十公分的些微之差險勝強敵。

搶得第一的王大龍，高興的走到母親面前時，才驚覺認錯人了，這位容貌與親人極為相似的婦人，原來是名大會工作人員。

雖為誤會一場，王大龍還是很有禮貌的向對方說聲謝謝。只見這名婦人一臉疑惑：「我是幫了這個人什麼忙嗎？」

下午的重頭戲，高中男子組二百公尺決賽如期登場。阿瑟分在第四道，王大龍則在第五道。另一位順利晉級決賽的強敵鄭志勇排在第三道。

彼此實力都已瞭若指掌，比賽的心情也沒有前幾場來得緊張。選手們在各自的起跑架上等待槍響。鳴槍後，位於第三道的鄭志勇一如往常始終衝在第一位，來到中段，關山工商的雙強也逐漸趕上。而阿瑟這趟並未使出「山豬的爆發力」，在有所保留的情況下，意圖製造機會讓隊友重溫冠軍的滋味。王大龍果真一舉超越，率先通過終點搶下第一，第三名則是被鄭志勇所拿下。

7

比賽來到最後一天，關山工商也都順利闖進所有團體項目的決賽。首先登場的是男子四百公尺接力，其他七隊實力都不容小覷，陣中的桃園高中甚至還保有本項目十五年不破的大會紀錄，是這項目的常勝軍。

被蒙在鼓裡的童教練，為了確保能獲得最大勝算，憑藉著稍早結束的二百公尺比賽結果，臨時將棒次作了調整，將狀況奇佳的王大龍代替阿瑟守護最重要的最後一棒，調度者會有這樣的疑慮也不是沒道理，主要是考量到選手們的體能會隨著個人因素有所改變，然而事實並非那麼一回事。

槍響，比賽開始，桃園高中第一棒選手起跑後就已取得領先位置，並率先完成一、二棒交接，領先幅度也逐漸擴大，緊接在後的分別是高雄中學、基隆二信中學、桃園農工，再來才是關山工商。跑道上的選手各個卯足全力向前衝刺。

棒次來到了第三棒，童教練遠遠盯著阿瑟直呼：「小子，該是你表現的時刻了！」

暫居第五的關山工商，這時有了期待中的變化。阿瑟握到棒子的剎那，看著前方四位選手的背影，已迫不及待直接使出「山豬的爆發力」來應付處於落後的局勢。

在高速率下的腳程，阿瑟驚人的速度讓一一被超越的對手束手無策，看台上的觀眾無不為這神奇的表現感到驚呼。關山工商率先完成了三、四棒的交接，霎時躍居到第一，然而尋求衛冕的桃園高中可不想輕易的就此拱手讓位，硬是緊咬著領先者。不願所負責的這一棒被強敵逆轉，王大龍於是想像自己的母親就佇立在終點處觀看比賽。這一招果然奏效，居次的對手原本落後一公尺，衝刺來到五十公尺中段時差距已明顯擴大，勝隊最終以二公尺的絕對優勢衝過終點。

這振奮人心的一幕，連童教練看得都從座椅上跳了起來。隨後會場響起恭賀的廣播聲：「我們恭喜關山工商打破了高懸十五之久的大會紀錄，成績是，四十秒八八！」

聽完，童教練難掩興奮之情，在看台上雀躍得難以坐立。

為了增加下一場一千六百公尺接力的奪牌機會，童教練臨時將原本的最後一棒選手，改由近況火熱的王大龍來接手。這突如其來的調動，也因此讓被換下來的選手流下不甘的眼淚說道：「我媽媽大老遠從台東趕來為我加油，我卻被換下來，我真是對不起她！」

聽起來雖然很感人，但還是不能上場，只能被童教練以榮譽為重的言詞安慰。

果然不負眾望，一千六百公尺接力的最後一棒王大龍，一連追過三人，硬是將賽前被看好有希望奪冠的建國中學擠下第二，以戲劇性的結果拿下這個項目的冠軍。在閉幕式所頒發的獎項中，關山工商獲得了高中男子團體組冠軍，得知獲獎的那一刻，童教練激動的將二十年後能再度擁抱的喜悅化為淚水，並泣不成聲的對著獎盃直呼：「我等你，等了好久！」

8

讓學校重返榮耀的阿瑟也因此獲得了為數不多的獎助學金，基於孝心，便利用這筆贏來的獎金，幫家中的父親添購了新款的電鍋。這是老麥第一次覺得兒子加入田徑隊以來，最有收穫的一次。

在這屆全國中等學校運動會中，大放異彩的阿瑟、王大龍及鄭志勇和洪明雄，比賽成績都達到即將在高雄舉行的亞洲青少年田徑錦標賽參賽標準。

所有入選亞洲青少年田徑錦標賽的各校選手，都進入了位在高雄左營的國家訓練中心，大伙要集中在那裡由受聘童貴發的教練統一指導，並培養彼此間的默契及團隊精神。

訓練期間，適逢日本全國高校田徑賽，當地知名的衛星電視台剛好為這場賽事做實況轉播，童教練便藉此機會，召集了所有人一同坐在電視機前觀摩國外選手的比賽。

畫面被帶到一百公尺決賽的起跑點，鏡頭下的選手們，每當輪到自己被大會唱名時，都會很自然的向看台上的觀眾行鞠躬禮。

這時坐在電視機前的左營訓練中心選手們，對此無不發出驚嘆：「日本的高中生好有禮貌哦！」

唱名結束後，會場氣氛也逐漸變得緊張，起跑點上的八位參賽者作好預備動作，槍聲一響，選手們齊發向前衝刺。

位於第四道複賽成績最好的高田一也，率先衝出，在進入三十公尺處就開始唱獨角戲，狠甩身後的所有對手。緊接在後的選手依序是去年本項目的冠軍西村浩，再來才是小林進、川田和之及高橋直人。

最後，高田一也以誇張的五公尺優勢，率先通過終點線，成績是令人瞠目結舌的十秒一九，同時也打破了日本高中男子組的紀錄，現場觀眾更是驚呼連連。

曾和高田一也交過手的阿瑟更是震撼得直呼：「這個人的實力今非昔比，已不可同日而語！」

高田一也的個人秀不只於此，在稍後的二百公尺決賽中再度登場，依舊是賽場上的焦點。

沒有意外，高田一也以平紀錄的二十秒三四順利摘下二百公尺冠軍，這同時也是亞洲青少年今年度的最佳成績。

賽後，高田一也在媒體的獨家專訪中表示，再過三個禮拜，將於台灣高雄舉辦的亞洲青少年田徑錦標賽中，討回往日敗北的恥辱，並揚言一定會讓那位選手嚐到敗下陣的滋味，最後甚至對鏡頭比出割喉的手勢，誇張的行徑直讓左營觀賽的大伙哈哈大笑。現場雖然沒人聽得懂日語，但阿瑟內心卻很清楚，對方所指的是誰。

9

來到選手訓練的最後階段，也就是適應場地。

中華隊的小將，各個在賽道上來回衝刺，這群來自台灣各學校的菁英，即將穿上印有中華台北英文字樣的戰袍，代表自己的國家出賽，某家電視台還預告將為這場國際賽事做實況轉播。

小將們的親屬，也期待能在家中的電視機前幫忙加油！

各方所期待的日子總算到來，亞洲青少年田徑錦標賽的第一天，電視中的畫面被帶到男子一百公尺預賽，這時鏡頭為第六跑道的日本選手高田一也做特寫。媒體早已得知消息，此選手是奪冠熱門，藉機炒熱比賽增加可看性。

槍聲一響，高田一也以驚人的速度一路領先，而暫居第二的印度選手則足足落後四公尺之遠，最後是以十秒二三的優異成績，拿下這組的第一，晉級下一輪。

就在中華小將即將登場的時刻，電視畫面突然進廣告。

坐在電視機前的老麥難忍心中的怒火，不禁破口大罵：「我兒子就要出場了，你現在卻讓我們看鐵牛運功散！」

廣告結束後，阿瑟和王大龍分別在各自的小組中，成功取得晉級。

阿瑟和王大龍的預賽成績分別是，十秒五九和十秒六八，明顯都遜色於高田一也，反觀其中一位來自對岸的大陸選手毛六兩，最接近暫居第一的日本選手，其成績是十秒三四。

田徑場上的各項比賽正在如火如荼進行中，時間來到下午的賽事，也正是電視機前和現場為中華小將加油打氣的觀眾最在乎的比賽，男子一百公尺決賽。

按晉級成績做排序，高田一也被分在第四道，第三道是大陸選手毛六兩，阿瑟在第五道，王大龍則在第六道。

鏡頭下，選手們的表情都顯得相當僵硬，可見心理承受著多大的壓力。唯獨嘴裡嚼著泡麵調味粉的阿瑟能擠出笑容。

比賽即將開始，起跑線上的八位參賽者擺好預備動作。槍響，選手們一致的從起跑架上向前彈起，奮力衝刺不分軒輊，直到過了三十公尺處，高田一也發揮了體能優勢，逐漸拉開與其他選手的距離。而複賽成績僅次於日本選手的毛六兩緊接在後，暫居第二。

瞬息萬變的一百公尺疾速對決，來到中段的五十公尺處，暫居第四的地主選手承受著眾人的期待，被迫提早使出看家本領「山豬的爆發力」，迅速勇猛的腳程，再加上上半身激烈的擺臂，一下子就逼近大陸強敵，幾乎已追過。就在離終點線僅二公尺距離，領先的高田一也意外跌在自己的跑道上，使得後來居上的兩名競爭者幾乎同時抵達終點，最後是由終點攝影機判讀，阿瑟以千分之一秒險勝毛六兩奪下冠軍。來到現場加油的觀眾，無不被中華小將振奮人心的表現為之沸騰，最高興的人，莫過於電視機前的老麥。

10

痛失金牌的高田一也，得馬上平復心情準備迎戰接下來的二百公尺比賽。

高田一也依舊是奪冠大熱門，媒體對其一百公尺失利所下的注解是，純屬意外。

場次來到另一項精采的短跑項目，男子二百公尺。

首先是預賽。各國隊伍精銳盡出，想要在這個項目奪得佳績。在地主隊這一方，依舊派出阿瑟與王大龍來迎戰強敵。

在一百公尺項目中已經較量過的幾位選手，也瞭解了彼此的實力，唯獨沒機會與一位來自印尼的選手比高下，只能從預賽其優異的成績獲取資訊，連高田一也不得不注意這匹黑馬的存在。

地主隊所派出的兩名選手紛紛挺進複賽，將有機會與印尼這名參賽者一同較勁。王大龍被排在第五道，黑馬則分在第四道。鳴槍起跑後，中華小將使出全力向前衝刺，過了彎道進入直線後，模仿起隊友阿瑟使出「山豬的爆發力」時高抬腿的動作，這跑姿頓時讓仿效者初次感受到所向披靡的滋味。

豈料就在地主隊以為可以拿下分組第一的剎那，來自印尼的黑馬，卻在最後三十公尺處像一陣風掠過領先者，煮熟的鴨子就這樣在眼前飛了。王大龍雖以分組第二晉級決賽，但也同時締造了本項目的個人最佳成績二十一秒三三。

比賽來到了第二天，重頭戲依舊是徑賽項目，男子二百公尺決賽將在稍後的上午十點登場。即將出賽的選手也紛紛在做賽前暖身。

選手們完成檢錄後，就被大會人員依照道次排成一路帶到二百公尺起跑點。面對強敵環伺的地主選手阿瑟及王大龍分別排在六、七道。今天依舊有電視台為賽事做實況轉播，畫面中來自印尼的黑馬顯得神采奕奕，一副胸有成竹的態勢，頗有問鼎冠軍的自信。

因地主優勢，面對現場觀眾熱情的加油聲，阿瑟及王大龍也同時承受著被寄予厚望之下所帶來的壓力。

比賽在即，所有參賽者聽從口令在起跑線上擺出預備動作。槍響，彎道上八位選手以相同的迅速反應從起跑架上奮力向前衝刺。過了五秒，三、四道的跑者明顯已處於領先位置。過了十秒，逐漸接近直道，第一位衝出彎道的是來自印尼的黑馬，緊接在後的是日本王牌高田一也。

部分選手在最後三十公尺處幾乎已呈現氣力全盡的現象，然而卻有兩位沒掉速，反而還保有衝勁，那就是逐漸要追過高田一也的阿瑟和領先的印尼黑馬。

即將抵達終點的最後五公尺，黑馬舊傷復發，手摸著拉傷的右大腿，速度瞬間下降。此時阿瑟先是追過高田一也，再順勢超越表情痛苦的印尼選手，再度上演奇蹟摘冠，現場觀眾為這逆轉的表現歡聲雷動。而另一位賽前被看好的大陸選手毛六兩則險勝王大龍得第三。

11

緊鑼密鼓的賽事，接著輪到四百公尺接力登場，稍微得到喘息之後，負責最後一棒的阿瑟在自己的道次上丈量交接距離，並用膠帶貼在道面上做記號。

預賽被分在第三組第六跑道的中華代表隊，聞槍響之後，奮力向前衝。一至三棒的交接毫無頓挫，行雲流水。第三棒的王大龍已處於領先位置，再交到最後一棒手裡時，暫居第二的泰國隊已被拋在四公尺之後。在阿瑟使出「山豬的爆發力」之下，全場觀眾瞠目結舌的看著所施展的速度衝向終點，成績也達到世界青少年田徑錦標賽的參賽標準，這樣的表現讓電視機前的觀眾看得是樂不可支。

決賽也很快就在稍後接著登場。出賽前，中華小將們受指示以平常心應賽，不得有力求個人表現的英雄主義，要懂得團體合作。童教練已多次看到洪明雄在交接區故意做出沒必要的繞臂動作，其意圖也很明顯，就是想在轉播中秀自己，並搶得版面，經制止後，心情不免受到影響。

男子四百公尺接力決賽，中華代表隊被排在第四道。鏡頭對到第一棒的地主隊時，全場觀眾歡聲雷動，洪明雄在畫面中秀出胸前的中華隊英文名稱炫耀。道次介紹到第五道日本隊時，選手則彬彬有禮向四周觀眾鞠躬答禮。

雖以預賽最好成績進入決賽，中華代表隊的選手們在強敵環伺下，緊張的心情更是難以鬆懈。

緊張的時刻來臨，發令員大喊：「預備！」

場上隨即響起槍聲，第一棒選手們以迅雷不及掩耳的速度向前衝刺，各隊幾乎同時交棒。豈料就在看似無恙的交接過程中，第二棒的鄭志勇始終握不到洪明雄所要傳遞的棒子，心急之下便回頭一探究竟，就因為這動作影響了前進的速度，造成兩人相互碰撞因而掉棒。

發生失誤的兩人大叫一聲，連同看台上的觀眾都發出慘叫。眼睜睜看著其他隊的選手紛紛抵達終點，中華代表隊四人依舊在跑道上發愣。鏡頭這時對焦在洪明雄因自責而流下淚水的臉龐，畫面傳到沙鹿老家，坐在電視機前的家人看得是心疼不已。

決賽成績一一顯示在電子看板上。第一名是高田一也領軍的日本隊，第二名大陸隊，第三名印尼，再來是卡達隊。

痛失奪牌機會的小將們回到看台上的休息區，此時一名打扮時髦的女子走近阿瑟身旁，突然說道：「阿瑟，我是媽媽！」

阿瑟因這突如其來的狀況搞得一時不知所措。稍後再仔細端倪女子的容貌，那張被媽媽抱在懷裡的舊照片馬上從腦海中浮現。

阿瑟也立刻意識到眼前的人真的就是未曾謀面的母親，生疏的聊了幾句後，便一同走到體育場的大門口，母子倆揮手互道再見。總覺得還有話想說，轉頭後，卻看到一名全身嬉皮打扮的男子摟著眼前的媽媽，並隱約聽到兩人的對話：「我要拿兒子一半的比賽獎金！」

12

之後阿瑟看著母親坐上那名男子的車，初次見面的印象已隨著對獎金的覬覦，和嬉皮男子的出現打了折扣，對於再見面，已無憧憬。

在亞洲青少年田徑錦標賽奪下男子一百、二百公尺雙料冠軍的阿瑟，賽後回到家鄉，自認在短跑項目末段的衝刺能力有待加強，於是重回山腳下，並請高木祥提供比之前所拉的尺寸還要大的十七吋輪胎。

繩索綁在腰際上，先走幾步路感受輪胎所需的拉力，阿瑟明顯承受著和過去那條小輪胎所不能比擬的重量。

高木祥被阿瑟派去坡道上方一百公尺處，拿著碼表幫忙計時。

第一趟，阿瑟根本跑不到五十公尺，腿力明顯不足，稍作休息後又繼續拉著輪胎往上衝，依舊無法抵達高木祥所在的位置。三番兩次的衝刺始終無法如期所願。

已累癱的阿瑟總覺得少了一種前進的動力，躺在坡道上不時望著綁著繩索的輪胎，這下靈光一閃，總算洞見癥結，原來是胎面少寫了「山豬」兩個字，所以無法產生恐懼的力量。

高木祥於是從自家店鋪提了一桶紅色油漆回來，在胎面上寫下端正的「山豬」兩字。後來阿瑟又覺得需要更大的馬力，於是又補了「王」字，「山豬王」便因此誕生。

隔天得到充分休息的阿瑟，在父親和高木祥的見證下，拖著寫上「山豬王」的輪胎，不斷從山底下往上衝，速度是一次比一次快，愈跑是愈有心得。由於想不斷挑戰極限，甚至請老麥把摩托車騎下來，來場爬坡比賽。

被兒子慫恿的老麥真的把摩托車騎下山了，並和兒子在起跑線上等著上頭的高木祥下令。

一聲令下，冒著濃煙的摩托車以先發制人的排氣管聲，率先衝出。反應稍慢的阿瑟隨即使力抬腿衝向上坡。

起跑後三十公尺，摩托車的領先優勢隨著阿瑟不斷加速，慢慢受到威脅。只能用一擋爬坡的情況下，果然在五十公尺後逐漸顯露速度不足的窘態，被衝勁十足的後者輕而易舉的超越，而且差距還不斷擴大，讓老麥不得不對兒子另眼相看，也同時告慰先祖，麥家出了一位優秀的後代子孫。

最終阿瑟贏得了這場別開生面的比賽。

經過在坡道上的自主訓練，和國家隊一個月的集訓之後，又再度穿上中華代表隊戰袍的阿瑟，和其他同樣闖進世界青少年田徑錦標賽的選手們，在媒體的包圍下，舉行授旗典禮，教育部長將揮舞後的隊旗轉交給這次的領隊童貴發教練。

儀式結束後，代表隊選手們站成一排讓在場媒體記者拍攝，透過電視的轉播，老麥又再度看到兒子光榮的一面。

稱霸全世界

1

翌日，中華代表隊的選手們搭乘國際班機，飛抵這次的舉辦國，新加坡。氣候比台灣溼熱的新加坡，讓初次到訪的阿瑟、王大龍、鄭志勇和洪明雄，肌膚因溼黏感到有些不適應。入夜後，童教練帶著選手們來到新加坡知名的景點，欣賞高樓林立的夜景。

距離正式比賽只剩倒數三天，中華代表隊的總教練童貴發，帶著全數的台灣選手，來到位於新加坡郊區的比賽主場館——碧山體育場，目的是要讓選手在短時間內適應場地。

進入體育場，觸目所及盡是來自世界各地不同膚色的選手在場內熱身和運動。打從一入內，隨隊的所有人就已注意到場上某人的眼睛一直在盯著阿瑟，而且眼神中還散發著濃烈的敵意。

正當阿瑟的目光也對向來者不善的某人時。豈料對方馬上比出獵取首級的手勢，挑釁意味濃。

「他是誰？」隊友問阿瑟。

「難道你還看不出來嗎？」阿瑟回答隊友，「他就是日本隊的高田一也，只是他這回理個大光頭，讓人一時無法認出！」

「整天只會比獵人頭的手勢，最後還不是跑輸我們的阿瑟！」王大龍接著說。

撇開高田一也，大伙還有正經事要做，紛紛脫去外衣，開始熱身。

圍成一圈做暖身操的同時，跑道上來回衝刺的選手中，有位身材高大的黑人特別引人矚目。童教練還因此為大家介紹這名有著非凡戰績的焦點人物。

名叫麥可的黑人選手，是美國隊短跑項目中的王牌，年初才在德州當地所舉行的高中田徑聯賽，創下石破天驚的一百公尺新紀錄：九秒九八，同時也締造了世界青少年田徑的新猷。這奇才可說是前途不可限量，被多數人寄予厚望成為體壇的明日之星。

麥可不單是一百公尺成績斐然，就連二百公尺在美國還沒有對手能出其右。由於光芒四射、名氣響亮的關係，所到之處都引人矚目，甚至有不少慕名的其他國家選手，搶著要合照，造成麥可幾乎無法好好訓練。

阿瑟聽到九秒九八這令人咋舌的成績，不得不盯著麥可在跑道衝刺的動作。

「麥可的跑步姿勢好像鄭志勇！」王大龍大聲說道。

語畢，大伙聽得哈哈大笑。

「我的姿勢哪有那麼醜啦！」鄭志勇反駁說道。

「你們可別看麥可這位黑人選手一拐一拐的跑姿不討喜。」童教練語重心長的說，「重點在於，他的肌力和爆發力都勝過其他選手。所以其訓練強度絕對超出一般人。」

2

聽完童教練精湛的分析之後，中華代表隊的選手們，都報以敬畏的眼神看著美國隊的麥可在跑道上練跑。

三天過後，各國選手所期盼的日子終算到了，然而前一晚有位選手一夜睡不著，不是因為興奮，而是忘了帶到最重要的——泡麵調味包。

阿瑟急得從選手宿舍跑下樓，看看四周是否有店家，找到了一間由印度人所開的商店，裡頭盡是含有濃烈咖哩風味的食品，對包裝上的英文字毫無頭緒，只能憑直覺買了數包泡麵回宿舍。

在宿舍阿瑟還有一項工作要做，那就是用奇異筆在印度泡麵的辣椒包上，寫下

「調味包」三個字。

比賽第一天，阿瑟及王大龍所參與的一百公尺和二百公尺項目，都在今日登場。

首先是一百公尺預賽，隨身都會帶著調味包的阿瑟被排在第三組，王大龍則是和奪冠呼聲最高的麥可同為第一組。

比賽開始，第一組選手就位，眾人目光聚焦在第六道的美國選手麥可身上。槍響，身高一百八十公分的麥可，不負眾望的施展出一拐一拐的獨特跑姿，將其他選手遠遠拋在身後。

王大龍升上高中以後的身高雖然也有一百八十八公分，但是就沒有麥可那般精壯。

由於實力過於懸殊，麥可將抵達終點時，還刻意放慢速度，縱使如此，排名第二的王大龍還是落後足足有四公尺之遠。

隨後，阿瑟在第三組的成績也輕鬆晉級了複賽。聚集了眾多歐美人種的一百公尺比賽中，亞洲人的面孔不多，但還是有優秀者從中脫穎，只不過這名選手有個不好的習慣，那就是喜歡比出獵取首級的挑釁動作。

下午的場次，依舊是競爭激烈的短跑項目，中華代表隊的雙雄又再度出場。阿瑟的嘴腔裡，還殘留著上一場比賽所吃的印度泡麵辣椒粉，辛辣味讓阿瑟止不住的狂飲水。

「印度的泡麵口味，真是可怕！」阿瑟忍不住抱怨。

二百公尺預賽在即，阿瑟勉為其難的舔上兩口包裝上用奇異筆寫著「調味包」的印度辣椒粉。

不巧的是，隊友王大龍依舊是被分在有麥可的小組裡。沒有意外，又是看著強者奔跑的背影拿下第二晉級。

阿瑟稍後登場，但在陣中有位身穿黃色上衣的黑人選手，以突出的身材鶴立雞群在起跑線上。其他選手不注意也難，因為這名參賽者有一百九十公分高，不得不讓人以為看到跳高選手跑錯場地。

聞「選手就位！」全場靜默。槍響後，牙買加選手因起跑動作太過向前傾，差點就跌跤，隨後馬上將重心矯正，一路率先衝向終點。被辣椒搞到快看不到前方跑道的阿瑟，眼睛被模糊一片的淚水阻礙，以第二名之姿闖入複賽。

3

經過複賽激烈的廝殺後，進入第三日的賽程。

今天也是一百和二百公尺冠軍產生的重要日子。

一百公尺決賽登場，第一道是王大龍，第二道加拿大——聽說這名選手還是某位短跑名將的外甥，第三道日本隊高田一也，第四道麥可，第五道牙買加，第六道南非，第七道阿瑟，第八道泰國隊因傷棄賽。

各國參賽者就位，發令員高喊「預備」。槍響，七位選手以高速敏捷的反應施展爆發力，全場觀眾屏息凝視，直到過了三秒，才大肆加油吶喊。

飛奔到三十公尺處，高田一也突破重圍，微微取得領先，過了五十公尺後，被麥可和牙買加選手逐漸追過。這時短跑名將的外甥也衝上來，暫居第三。

「使出山豬王的爆發力！」阿瑟內心咆哮。

第七道的阿瑟以倒數第三的劣勢，施展了在山坡上苦練多時所累積的實力，雙臂的擺動和步幅，以驚人的頻率呈現勢如破竹的速度。

九秒九八難望項背的驚人實力，怎能輕易的就靠近，所以麥可也使出極速來擺脫對手糾纏。

衝過最後三十公尺處，阿瑟上下左右不斷激烈晃動的視線裡，只剩一位選手的背影。

最後十公尺處，麥可彷彿看到右角餘光有手臂擺動的殘影，直到一個完整的人影浮現在前方，才驚覺自己被追過了。呆然的看著阿瑟率先衝過終點的背影，心裡只反覆著同樣的問句：「怎麼可能！」

看台上幫忙加油的隊友們，被這振奮人心的逆轉秀感動到差點逼出淚來。尤其是童教練，眼球明明滿滿的淚水，硬是不讓它流出來，怕被選手們看到。

阿瑟奪下一百公尺的金牌，成績是前所未有的九秒九四，可惜順風四點二，無法成為正式紀錄。然而在這節骨眼，有人要讓新科冠軍陰溝裡翻船，高田一也向大會舉報，奪冠的選手在賽前疑似服用不明藥粉。經大會查證，證實該粉末，只是含有辣椒、味精、食鹽成分的泡麵調味粉，並且都已在賽前於檢錄處提交查驗過。

「可惡的高田一也，陰魂不散！」為阿瑟打抱不平的隊友說道。

接下來，隔了兩小時之後，二百公尺決賽緊接著登場。

陣中強敵依舊是彼此熟悉的那幾位，當唱名到第五道時，阿瑟模仿起日本選手向觀眾鞠躬的禮貌動作，卻遭來高田一也一記橫眉瞪眼。

此時發令員高喊：「選手就位！」

所有選手向前就定位，阿瑟嘴裡含著辛辣的調味粉等待鳴槍的一刻。

槍響，彎道上的八位選手反應一致的迅速衝向前。位於第四道的美國隊當仁不讓，一馬當先，其他則緊追其後。

沒讓童教練失望的王大龍，這次緊咬著領先者，暫居第二，豈料在最後三十公尺處，被自己的隊友擠掉，最終落到第三名。美國強敵如願率先衝抵終點，但資格稍後被取消了，因為大螢幕清楚顯示，麥可從彎道進入直道時，腳掌踩出了跑道線犯規，因此冠軍由替補上來的阿瑟所獲得，亞軍同樣也被中華代表隊拿下。

4

比賽進入最後一天的賽程，男子四百公尺接力，中華代表隊也順利擠進最後的決賽。

有了陣中阿瑟和王大龍精彩的奪牌戲碼加持，擔任第一棒的洪明雄和第二棒的鄭志勇也變得更有信心。但是大伙在場上還是不敢掉以輕心。

進入決賽的隊伍依舊是傳統強隊，其中又以美國隊和日本隊為奪冠大熱門。

全場屏息以待的四百公尺接力決賽馬上就要開始，美國隊在第四道，日本隊在第五道，中華代表隊則被排在第三道。

槍響，全場觀眾為跑道上衝刺的選手們嘶吼吶喊，選手之間的競爭相當激烈。

當洪明雄交棒給鄭志勇時，中華代表隊還處在暫居第三的位置，但隨後就被牙買加和南非的選手追過，順位馬上掉到第五。

當鄭志勇準備交棒給下一棒時，王大龍犯下了起跑過早的嚴重失誤，這交接的瑕疵不僅拖慢了速度，而且還讓泰國隊及印尼隊後來居上。

「在幹什麼！」童教練在看台上發出怒吼。

王大龍急忙施展二百公尺銀牌得主該有的實力，不到五十公尺的距離就一連追過四名選手，重回暫居第三的有利順位。

美國隊、日本隊相繼完成最後一棒的交接，輪到阿瑟時，一股熱浪從內心的最深處激盪著被喚醒的原始力量，激化成前進的速度，並適時的在關鍵點大聲呼喊：「使出山豬王的爆發力！」

疾速下，阿瑟雙腿擺動的畫面已達到了極致，勇猛的速度直讓現場觀賽者感到無比的震撼。

距離終點僅剩五十公尺之際，暫居第二的日本隊選手高田一也，只能無力回天的從餘角看著阿瑟的手臂出現，再慢慢浮現整個飛奔的背影。

「我到底要輸給這個人幾次！」高田一也內心發出不平之鳴。

阿瑟的驚人速度還在持續創造歷史，追過日本隊之後，就只剩前方一公尺遠的美國隊需要被速度征服。

麥可望著場邊的巨型螢幕，看到阿瑟正以瘋狂的速度從後頭逐漸逼近。

美國隊的總教練在觀賽台上雙手緊握，做出祈禱的動作，希望能保住這枚金牌。

豈料天不從人願，阿瑟硬是要讓美國隊的夢想破滅。呲牙裂嘴的麥可，只能眼睜睜的看著對手像失速的列車從身旁呼嘯而過。

小將們奇蹟似的贏得了這項比賽的金牌，飲恨的美國隊居次，日本隊第三。全體中華代表隊的與會人員欣喜若狂，各個滿溢著笑容，實在是太高興了。

5

這一屆的世界青少年田徑錦標賽圓滿落幕，中華代表隊以三面金牌、一面銀牌的佳績締造了前所未有的輝煌成就。為了犒賞辛苦奮戰的小將們，童教練自掏腰包帶選手們來個浪漫的新加坡一日遊。

首先來到風和日麗的湖畔，那就是由著名地標魚尾獅為噱頭的景點。

中華代表團一行人，浩浩蕩蕩的走到魚尾獅這巨型雕像前，想來張大合照，但苦無幫忙拍照的路人，所幸一名面貌黝黑的印度女子恰巧走了過來，童教練示意阿瑟把握機會。

「Excuse me！」阿瑟靠近女子比個拍照的手勢。

女子接過相機，樂意的幫全體人員拍了數張。

「Thank you！」拍完後，所有人頻頻向印度女子說道。

「不客氣！」印度女子則笑著回應。

「哇，你會講中文哪！」每位團員一臉驚訝。

「我也會講福建話！」印度女子說道。

聽到這裡，不禁引發團員們的好奇，於是紛紛與這名印度女子合影留念。

攀談中，大伙得知女子還精通英語、馬來語和粵語，唯獨屬於自己的印度話不會說。才知其從小在馬來西亞出生不久，就被一對新加坡的華人夫妻所領養，所以是在中國式的家庭中成長，並表示自己很嚮往台灣這個地方，因為那裡住著許多崇拜的偶像明星，希望有朝一日能親臨寶島。

「歡迎你來台灣！」阿瑟接著問，「聊了這麼久，我們還不知道你要怎麼稱呼？」

「我叫麗娜，家住這附近，如果還想要更了解，晚上可以來這裡找我，夜晚我喜歡在這一帶走動。」麗娜說道。

見兩人聊得愈來愈起勁，大伙便起鬨要阿瑟晚上一定要來見麗娜。

因為童教練還安排了其他行程，大伙不得不在這裡與身材穠纖合度的麗娜道再見。

見阿瑟在揮手道別時的不捨表情，王大龍揶揄了幾句：「請把握最後一夜！」

就算已到了新的景點造訪，阿瑟的腦裡依舊浮現著麗娜迷人的微笑。入夜後，阿瑟的情緒愈來愈浮躁。童教練也看出這小子陷入了情網，便勸說快去見那女孩一面。

把童教練的話當命令的阿瑟，真的來到魚尾獅巨型雕像附近找人。尋了一會兒，果真看到麗娜獨坐在湖畔的身影。

從麗娜的身後慢慢靠近的阿瑟，緊張的像是要做壞事般，嚥了喉頭裡的口水後，道了一聲：「嗨，你好！」

麗娜猛然回頭，看到的是白天那位男孩，便高興的邀阿瑟一同入座賞夜景。

6

坐在麗娜身旁，阿瑟正感受著情竇初開的滋味，語言讓彼此間沒了國籍和種族的隔閡，萌芽中的異國戀情更是跨越了所有籓籬的阻礙，就算發現被當地記者偷拍，還是不影響這兩人愛的進行式。

陷入熱戀中的速度很快就過了午夜時分，也到了童教練所給予的最大寬限。

「我該回飯店了。」阿瑟說，「記得打電話給我！」

「我會！」麗娜含情脈脈的對起身要離去的阿瑟說道。

揮手互道再見。還沒有摸到彼此的手，就已有了非你不可的真心不渝，就算還有很多話想說，這夜晚，兩人注定要離開初相見的地方。

翌日，當地的小報，刊登了阿瑟和麗娜昨晚在湖畔築愛的身影，標題寫著：「世界冠軍夜會肉骨茶大王之女」，所幸彼此都被蒙在鼓裡，也顯少人知道這發行量少的報刊寫了什麼。

阿瑟回國後繼續與麗娜保持連絡，這樣一個陷入熱戀的情況，讓家中的電話費一下子暴增了四、五千元。老麥還因此大動肝火，並警告下次帳單再如此昂貴，一定把電話線剪掉。

那幾句恫嚇之詞怎能滅得掉愛苗的滋長，三個月後，麗娜隻身飛來台灣會情郎。一段舟車勞頓之後，麗娜風塵僕僕的走向知本火車站外，看到久違的情人就坐在一輛摩托車上等候著遠方的自己到來。

一見到面，麗娜的第一句話就是：「你怎麼變得這麼黑？」

「忘了告訴你，我們台東還有另一個特產，那就是猛烈的陽光，紫外線常把皮膚晒得像蠻荒的土著一般！」阿瑟說道。

「所以說，你是這一帶的土著？」麗娜問道。

阿瑟愣了一秒，便笑了。麗娜也跟著笑，並指著對方揶揄：「土著！」

麗娜坐上摩托車後座，阿瑟顯得更緊張，因為還沒有完全學會騎這種打檔車，怕技術不好嚇到訪客。才剛這樣想，入檔後由於離合器放的太快，整輛車因此突然往前衝了一下，乘坐者嚇得大叫一聲。身為男主角的人尷尬的不知如何是好，就只能運用不成熟的技術騎回山上的家。

老麥一見到麗娜，腦中馬上浮現被一位膚色黝黑的嬰孩喊著「爺爺」的畫面。不禁喃喃自語：「老祖宗們，我們的後代子孫可能一代比一代黑嘍！」

置身山中，麗娜的心靈被阿瑟所居住的簡陋房舍衝擊到一時無法言語，也顛覆了對台灣富裕繁榮的印象。

夜晚即將入睡，觀念傳統又保守的老麥，吩咐兒子不得與麗娜同睡，理由是免得擦槍走火，無法對女方家長交代。

7

白天，阿瑟以不成熟的技術載著麗娜欣賞東海岸的熱帶風光，並來到遙遠的三仙台風景區，走過了跨海的八拱橋，在巨大的山岩上攀爬，於是抵達祕境，兩人緊靠在一起，坐在高處一同享受著徜徉於碧藍大海的奇幻感受。

「這裡好美哦！」麗娜發出驚嘆。

海風輕輕吹，將頭斜靠在阿瑟肩膀的麗娜，輕唱著一首兒時最愛哼的歌，唱著唱著淚水忽然從臉龐滑落。

「你愛我嗎？」麗娜發出伴隨著哭泣的鼻音。

「怎麼了？」阿瑟愣了一下，「我當然愛你！」

麗娜抱著阿瑟，久久不放！

三天過後，結束了被父親命令睡沙發的夜晚。黎明，也將是離別的時刻。在知本火車站，縱使依依不捨，開往台北的火車也不會因此稍作停留。隔著窗，麗娜再度垂淚揮手跟阿瑟道再見。

兩天過後，還沉浸在初戀那甜蜜滋味的阿瑟，看見一輛似曾相識的老寶馬，從山下一路駛上來，之後停在家前的那片空地上。

就在似乎已知來者是誰的時候，阿瑟的生母蓉美，以穿著亮麗的妝扮再度現身在關係有點陌生的兒子面前。

另一扇車門這時像個驚喜般被開啟，一名面容像極了阿瑟的中年男子站出車外。

阿瑟這時彷彿發現了驚天動地的祕密，六神無主的和男子對視。

「這個人造就了我的身世？」呆若木雞的阿瑟內心自問。

「我們的兒子，阿瑟！」蓉美向男子介紹兩人的親骨肉。

不知所措的阿瑟轉頭走進屋內大喊：「爸，屋外有訪客！」

老麥興高采烈的走向屋外，以為昔日軍中同袍來訪，結果看到拋家棄子的蓉美與那名容貌和兒子極為相似的男子時，身體彷彿被一支又冷又利的箭，從背後射穿。

「綠帽」兩個字灌滿老麥的整個思緒，幾乎無法思考了。

稍微回神後，老麥已目光如炬痛斥不守婦道的蓉美：「你回來做什麼？」

「我回來看我兒子不行嗎？」蓉美接著說，「我不只回來看阿瑟，而且還要分享他贏來的比賽獎金！」

「你想得美！」老麥怒斥，「對孩子不聞不問，如今突然出現就只為了錢，虧你還有臉回來！」

蓉美本想再多說些什麼，全被對方突如其來的動作給打斷，硬是被推回車上。老麥並大聲對兩人說道：「回去、回去，都給我回去！」

蓉美因為遭粗暴推擠及拉扯而發出尖叫聲，隨同的男子見狀，立即衝上前抱住老麥，再狠摔到地上。

8

剛從外頭走回來的家犬小張，看到這一幕，護主心切的本能馬上被喚醒，於是發出令人膽顫心驚的怒聲衝向陌生男子。對方嚇得躲回車內，任憑狗兒狂吠。無可奈何的蓉美搖下車窗對老麥撂下狠話：「我還會再來的！」

老寶馬雖已駛離，小張依舊在後頭追到山下。

阿瑟扶起被摔在地上的老麥，忽然間，彼此的感覺已隨著身世的揭曉而逐漸產生一股疙瘩在心中。於是只剩沉默在支配接下來的每分每秒，直到氣喘吁吁走回來的小張搖尾靠近，主人摸了幾下總算開了口：「好樣的，沒有白養你這條狗！」

縱然已經知道這層微妙關係的存在，老麥和阿瑟有志一同的不願揭開彼此的真實身分，一如往常的過著山中生活，彷彿沒發生蓉美透露身世這件事。

就在阿瑟高中畢業在即的時刻，在工地時有飲酒習慣的老麥，今回稍微過量，一個踩空，不幸從二樓的鷹架上掉落到地面一堆廢棄物裡，骨盆當場摔裂，也造成四肢多處骨折。

工頭見狀，馬上衝過去察看呻吟中的老麥傷勢如何，並請其他人打電話叫救護車。

阿瑟從學校趕來醫院時，老麥已經被送進手術房。

坐在手術房門外等候的工頭，一見到著急的阿瑟走過來，便主動上前詢問：「請問你是……」

「我是麥保榮的兒子。」阿瑟說道。

身分確認後，工頭屈身示意，「你好，我是你爸爸的老闆！」拍了一下阿瑟的肩並接著說，「你爸爸這是工安意外，勞保會有一筆職災給付來應付後續的費用。」

聽起來是得到了安慰，但手術結束後，老麥還在加護病房治療了至少一個月才轉到一般病房。

老麥這場意外也頓時讓父子倆的生活完全步入另一個意想不到的寒冬。

經過醫院長時間的醫治後，終算出院的老麥，短時間還是無法自行如廁和沐浴，需要旁人協助。為了要照顧父親，阿瑟跟學校請了長假，就連畢業典禮也無法親自到場參與，畢業證書最後是由童教練專程送來戶上。

童教練這一趟還另有目的。走完崎嶇的山路後，汗流浹背的坐在阿瑟家的客廳裡，面對著勉強坐臥在病床上的老麥，便說出了此行的來意。

聽了童教練的一番話之後，老麥直接婉拒了有意繼續栽培阿瑟的好意，並說道：「如果我兒子保送到體育學院就讀，那誰要在山上照顧我現在這種身體況狀！」

「難道要叫牠幫我洗澡、煮飯！」老麥指著站在門邊的家犬小張。

小張見主人這麼一指，馬上夾起尾巴走出門外。

9

見自己拗不過家長堅決反對的立場，也確實了解到老麥家的處境，童教練只好帶著遺憾離開，阿瑟則走到平台邊，向慢慢走下山的教練揮手道再見。

阿瑟轉頭後，便再也忍不住流下不甘的眼淚，並怨恨蒼天捉弄人。

靜靜的走到家院的一角，捶胸頓足，久久無法釋懷。

三個月後，已是開學季的到來，失學的阿瑟見父親已經能靠著自己的力量，藉由助行器緩慢的從床鋪走向房內的各處，也該是面對生計的時候了。

工頭先前已承諾父子倆，在老麥身體狀況有所起色時，阿瑟可以到工地來頂替父親的職缺。

天快亮的一早，阿瑟在廚房料理簡單的菜色，那是為父親所備妥的早午餐份量，將煮好的菜擺放在客廳的桌子上後，就要出門工作了。

在屋外，阿瑟將老麥的工具袋和鐵鎚放到摩托車的置物箱裡。

穿著雨鞋的阿瑟，跨上摩托車，腳踩了一下檔桿，雖有些忐忑，但還是勇敢加了油門，結果又是離合器放太快，整輛車突然暴衝，把這個始終無法好好起步的新手嚇得又氣又怕。

這下搞得屋裡坐立難安的老麥對著屋外的兒子直嚷：「離合器慢慢放！」果真聽到父親的指示後，阿瑟安然的上路了。

別人騎摩托車是享受，但對阿瑟而言卻是考驗。並且還得靠著生疏的技術及換檔障礙找到工地的所在。

第一天上班，工頭安排一位工作經驗豐富的老手阿勇，帶著阿瑟做一些簡單的活。

在工地的一處空地，阿勇和阿瑟各自拿著圓鍬，將沙子慢慢鏟進推車上，裝滿後，再推到地下室。一段時間過去，累積的沙也堆的差不多了。

「你等我一下！」阿勇說道。之後便瀟灑的走上樓，獨留阿瑟在地下室。回來的時候，阿勇手上所提的袋子裡有數罐啤酒和一瓶中藥提神飲品。

「喝吧！」阿勇遞了一罐冰涼的啤酒給阿瑟。

從未喝過酒的阿瑟不假思索的將手中的啤酒一飲而盡，那直入腦門的暢意快感，一會兒就讓初嚐者欲罷不能，馬上又跟阿勇索討一罐。或許是在地下室待太久了，工頭察覺有異便下樓一探究竟，兩人飲酒的情形當場被逮個正著，帶頭者遭怒斥違反了工地裡的規定。

「你爸爸就是因為喝酒醉才從鷹架上摔下來！」頭工痛罵阿瑟，「你現在也跟別人學喝酒！」

第一天上班就帶著不如意的心情下班，回家的路上，阿瑟來到路邊一處菜攤，挑了幾樣喜歡且容易烹煮的蔬菜，和一群婆婆媽媽們在收銀台前，等著老闆娘算錢。

10

沒能為命運帶來些微變化的阿瑟，四年後，繼續在工頭所承諾的照顧下，辛勤的盡自己本分。

這期間，原本該盡國民義務役的阿瑟，家庭狀況符合補充兵役的條件，所以老麥父子倆並沒有離開彼此太久。

某日，適逢四年一度的奧林匹克運動會比賽期間，在電視轉播中，阿瑟瞧見昔日田徑場上的對手在接受記者專訪。受訪者就是如今赫赫有名的奧運短跑雙料冠軍，美國隊的田徑名將麥可。

麥可對記者娓娓道來，在田徑場上只輸過那麼幾場，但全都敗給同一人，這個人來自台灣，如果再同台較勁，奧運金牌可能就要拱手讓給這名台灣人了。

記者不禁好奇這名台灣選手是何等的厲害。

「我就是那個台灣人啦！」阿瑟對著電視大嚷之後，便將手上的啤酒灌進嘴裡。

客廳的桌上已經累積不少空罐，精神呈現委靡的阿瑟，自從喝下阿勇所給的人生第一罐之後，不知不覺的就染上了酗酒的習慣，從當初的啤酒，逐漸觸及到公賣局所有的酒類，每逢月底，紅標米酒自然而然就成了渡過難關的必備品。

醉倒在客廳的椅子上，這已成了阿瑟的日常，對於酗酒習慣不以為然的老麥，起初還會給予關心加以勸阻，日子久了，發現根本就不聽勸，反而變本加厲，這對行動不便的父親來說既無奈又無力，已不願在苦口婆心試著挽救淪為酒鬼的兒子。

每當夜深人靜的夜晚，老麥甚至還會將家中所有遭遇全怪罪在自己身上。認為自己才是導致兒子自甘墮落的元凶，更是累贅。

老麥就這樣經常抱著歉意入眠。

每回清早，山中的公雞響起清脆的鳴叫聲時，就算頭腦因宿醉渾沌不清，阿瑟還是有辦法從床上爬起，並準時在出門前，為父親備好一天的餐食。

前往工地的路途中，阿瑟必定會先來到山下的雜貨店購買一天的所需。這些眼裡看似重要的必需品，無非就是中藥成分中含有微量酒精的飲品。

身為昔日的乾爹，雜貨店的老闆老高，看在與老麥多年的情誼上，就勉強讓阿瑟到店裡賒帳。但金額累積多了，不免想斷了這層關係的經援。

在工地裡，忙裡偷閒的阿瑟，總是懂得體恤自己，趁四下無人之際，便拿出一早就備好的飲品，並吆喝阿勇同歡樂。

這些含有酒精成分的飲品一口、一口吞下去，稍後在酒精的催化下，對田徑場還存有一絲眷戀的阿瑟，一邊工作，一邊幻想自己代表國家出戰奧運，並贏得冠軍披著國旗繞場致意。在場上得到滿足之後，載譽歸國，還在台北市區接受熱情的民眾夾道歡呼。

11

相隔四年，偶爾還有連絡的新加坡女子，在電話的那頭向阿瑟表示要再登島探望其父子倆，主要還是因為耐不住思念。

但麗娜從阿瑟的語調中感受不出絲毫的期待和喜悅，反應是出乎意料的冷淡。最令麗娜錯愕的一句話是：「我不希望你來找我！」

這彷彿是將過去的情份全都無情的否定掉，麗娜不管怎麼詢問，阿瑟還是冷漠的不告訴原因，並回絕了見面的請求。

這一夕間的變化讓麗娜嚐到了晴天霹靂的震撼，縱然如此，也不會去懷疑阿瑟已變心有了新對象，深信這不是生性憨厚的人會做的事，但就是不解為何要拒絕彼此再相見。

然而這急轉直下的異國戀情，也迫使麗娜不得不親自飛來台灣找阿瑟當面問清楚。

長途飛行與轉搭火車的路程，麗娜又再度回到睽違四年之久的荒野部落，並步行在通往阿瑟家的山路上。

趴在屋簷下的小張見到氣喘吁吁的麗娜提個行李箱迎面走來，不僅不吠，反而像是見到久違的親人般，搖尾慢慢靠近。

呈現麗娜眼前的已不是四年前印象中單純簡陋的那間平房。爬滿藤蔓的屋子外，所堆放的雜物凌亂不堪，不禁在震撼之餘有所疑惑，阿瑟這一家是怎麼了。

正當懷疑是否還有住人之際，麗娜在走近客廳大門時，聽到屋內所傳來的電視聲響。

麗娜躬身慢慢將破損嚴重的紗門拉開：「伯父你好，我是阿瑟的朋友麗娜！」語畢，屋內凌亂的程度及老麥坐在病床上的模樣，一度讓麗娜自覺想當冒昧，不該如此打擾伯父。

在屋內聊了一會兒，對老麥一家的現況後知後覺的麗娜，當下有所頓悟，認為眼前這一切才是阿瑟不想見面的主因，再加上家變後失學到工地成為工人的轉變，都是影響兩人關係的間接因素。

對於這些阿瑟所在乎的事情，在麗娜眼裡都不是問題。

接近傍晚時分，麗娜得知阿瑟在下班回家時，都會先到雜貨店買幾瓶酒上山，於是悄悄的來到山下的店外等候。

一個印度臉孔在穿梭的部落居民面前，顯得格外引人注目。不禁令好奇者交頭接耳，議論麗娜為何出現於此。

終於，騎著摩托車的阿瑟現身了。

麗娜一見到阿瑟劈頭就問：「你為什麼都沒有告訴我？」

見到麗娜突然現身在雜貨店，阿瑟的反應先是嚇了一跳，之後才板著臉冷冷的說道：「我們的家務事幹麻要告訴你！」

阿瑟心想既然麗娜都已知道實情，那也沒什麼好隱瞞的，便了當的說道：

「我配不上你這個肉骨茶大王的千金！」

「你現在看我這落魄的模樣，我怎麼跟你的家人交代！」

「你跟著我，只會耽誤你美好的未來！」

「我不想毀掉你的人生！」

「為了要跟你在一起，這些我都不在乎！」麗娜大聲說道。

12

兩人像是在爭吵的音量也引起雜貨店的老高和其他路人注意。執意要麗娜離開身旁的阿瑟，見到部落有名的女酒鬼剛好要入內買酒，於是趁機將其擁入懷裡並當場親熱起來，兩人一拍即合，便情不自禁的上演熱吻戲。

十秒的煎熬，看得麗娜撕心裂肺。

見這招奏效的阿瑟，推開瞬間陷入情網的女酒鬼，對一旁的心碎者補上一句：「這是我剛交往的女朋友！」這句之後，麗娜再也忍不住，一滴剔透的淚珠便順著黝黑的臉龐滑落，一個轉頭，在眼眶溼潤的模糊視線中，頭也不回的離開了這個曾經認為是歸宿的傷心地。

阿瑟看著麗娜漸漸遠離的背影，心中道出了萬般無奈的真心話：「愛你就是不能和你在一起，希望你能諒解！」

見女酒鬼已入戲太深，阿瑟靈機一動，隨即遞上兩瓶米酒作為答謝之意。趁對方還一頭霧水之際，像個三角戀的負心漢坐上摩托車迅速逃離現場。

心情沉重的回到了山中的家，一進門，阿瑟看到一只行李箱就佇立在客廳的一角。直覺那是麗娜所遺留的。

正當要提著行李準備歸還給麗娜時，老麥告訴兒子，那是對方特地留下來的禮品，裡頭全是新加坡當地的特產。

阿瑟懷著複雜的心情，慢慢將行李打開，在滿是肉骨茶包和當地特產的包裝盒上，有一封印著新加坡地標魚尾獅像的明信片，和一個手掌般大小的布偶吊飾。

明信片寫道：

吾愛，不管以後我們是否還能在一起，只希望彼此不要忘了那段曾經擁有的美好時光。這個小布偶代表我，如果想我的話，可以以跟他說說話，我在遙遠的地方也會聽得到。愛你的麗娜留。

一手拿著麗娜親筆所寫的信，另一手拿著小布偶，此時忽然有一股彷彿痛失親人的離別感受在內心沸騰，這滋味讓阿瑟不斷直呼：「好痛啊！」

阿瑟接著在內心喃喃自語：「麗娜，你以後就會知道我這樣做都是為了你好！」

在另一處奔馳的車廂裡，已哭腫雙眼的麗娜，只能靠著溼潤模糊的視線，望著窗外快速移動的景物，隨著火車消失在鐵路的盡頭。

13

事隔多年後的現在，日子回歸平淡的清晨，在睡夢中感到寒風刺骨的阿瑟，慢慢睜開起沉重的雙眼，才知自己又睡在熟悉的彎角處，而摩托車就倒在一旁。村長昨晚在活動中心所頒賜的獎勵，一袋洗衣粉和一罐沙拉油，則全都從置物箱裡掉了出來。

阿瑟一臉狼狽的慢慢從地上起身，醉意未消的情況下，走起路來身子顯得有些搖晃。撿起村長賴大木所頒贈的獎勵品到置物箱後，便打起精神將發不動的摩托車牽回上頭不遠處的家中。

而昨晚夜宿的地面上，則都是從阿瑟口袋裡掉出來的銅板。

入夜後的山腰上，有燈光在閃爍，原來是又想喝酒的阿瑟拿著手電筒在常過夜的彎角處撿拾掉落的銅板。

帶著醉意邊工作、邊喝酒已成了阿瑟有規律的常態。今天也不例外，把工頭所吩咐的事項提前完成後，獨自來到無人打擾的鷹架上，身旁依舊是冰涼的啤酒相伴。

幾罐之後，腦子虛構了如電影般的浪漫情節，將自己幻化為情境中的主角。

首先出現在幻想中的，則是已無緣再見面的麗娜，穿著一身潔白的婚紗在禮堂等候著那人的到來。而阿瑟見到自己就是新郎，捧著鮮花輕輕呼喚對方的名。新娘轉身抱住所等候的人說道：「求你不要再離開我了。」

阿瑟則含淚對著懷裡的麗娜說：「我永遠不會再離開你了！」

一名工人巧遇阿瑟坐在鷹架上對著手上的布偶喃喃自語的一幕說道：「這個人喝酒喝到瘋了！」

搖頭晃腦的阿瑟和麗娜結婚後，接著幻想自己代表國家參加奧運會，在一百公尺決賽中遇到了現實生活中真正的冠軍麥可。

阿瑟在幻想中一路從落後局勢，慢慢迎頭趕上，並在最後成功超越麥可為中華隊在奧運場上奪得一面金牌。

此時在工地裡尋人的工頭四處呼喊，鷹架上的偷懶者聽到聲音馬上從幻想中驚醒，正當要起身離開時，重心不穩的阿瑟原本想抓住眼前的鐵杆，豈料沒抓到，向後仰的身體就這樣從三樓的高處往下掉，在半空中慌張的直喊著：「媽媽！」

摔到地面的剎那，阿瑟當場死亡。隨後趕到的工頭從圍觀的人群中慢慢走到最前頭，看到一具死狀淒慘的屍體，驚訝的幾乎無法呼吸。

在命案現場，人們看到阿瑟手上還緊握著一個小布偶，並發現疑似泡麵的調味包從口袋裡掉了出來。

坐臥在山中家屋裡的老麥，礙於白髮人不能送黑髮人的禁忌，無法親送這個無血緣關係的兒子最後一程。在工頭和村長號召部落居民的協助下，以莊嚴簡單的儀式，送走了年僅二十八歲的阿瑟，過程中參與的人士數度對這可憐的身世和遭遇，流下同情與不捨的眼淚。

喪禮結束後，老麥被社福機構帶離了山中的老家，而忠誠的小張，則一路從山上追著主人所乘坐的車輛來到山下某處安置所。山腰上這間失去主人的空屋，如今只剩阿瑟昔日在賽場上所獲得的獎狀還黏在牆上。

時光飛逝，山中依舊傳來雞鳴，部落裡的人們似乎也逐漸淡忘了山腰上曾住著一戶人家，但在回鄉教書的高木祥心裡，永遠不會忘了阿瑟這位兒時的好哥們，並將吃調味粉及拉輪胎的真人真事講給小學生們聽。

不久後部落的學童們也學著在賽跑前舔上一口調味粉，也試著在山坡道拉著輪胎跑，帶頭的高木祥望向山腰的那間空屋，彷彿看到了阿瑟就站在屋前，面帶笑容看著山下的小朋友們在學習拉輪胎。

後記

基於自身為東部原住民子弟，在就學時期被選入田徑隊，以征戰經驗做為作品的藍圖，呈現賽場上緊張刺激的競逐氛圍，讓讀者也能感同身受，並陷入情境之中。

在著手鋪寫這件作品之前，已有了粗略主架構，以一名擅長短跑的原住民青年，在離開學校後，沒了舞台，斷送前途，淪為工地打雜苦力，進而酗酒度日，最後慘死於意外之中為故事背景。

雖為悲劇收場，但也最貼近弱勢處境，以寫實筆法，藉由敘述主角命運，來放大存在於原住民家庭中所面臨的諸多問題。

並彰顯原住民在社會結構中以何種階級生存，又遭遇了什麼阻礙。

算是在呼籲及引起大眾和政府單位對原住民體育才能的重視。

不要辜負了米田堡在台灣原住民身上發揮其優勢的機會，珍惜這資源，選手將會於國際體壇發光發熱。

這篇虛構作品，也想傳達人性光輝，社會中還有「真善美」在支配彼此生活。對比故事另一面，也是大家所希望的安和樂利理想世界，不再有貧富懸殊差距，和暴戾之氣，讓良善永存你我心間。

寫於台東　二〇二一年九月一日

釀文學259　PG2628

奔跑在太陽升起的地方

作　　者	賴勝龍
責任編輯	孟人玉
圖文排版	陳彥妏
封面設計	劉肇昇

出版策劃	釀出版
製作發行	秀威資訊科技股份有限公司 114 台北市內湖區瑞光路76巷65號1樓 電話：+886-2-2796-3638　傳真：+886-2-2796-1377 服務信箱：service@showwe.com.tw http://www.showwe.com.tw
郵政劃撥	19563868　戶名：秀威資訊科技股份有限公司
展售門市	國家書店【松江門市】 104 台北市中山區松江路209號1樓 電話：+886-2-2518-0207　傳真：+886-2-2518-0778
網路訂購	秀威網路書店：https://store.showwe.tw 國家網路書店：https://www.govbooks.com.tw
法律顧問	毛國樑　律師
總 經 銷	聯合發行股份有限公司 231新北市新店區寶橋路235巷6弄6號4F 電話：+886-2-2917-8022　傳真：+886-2-2915-6275

出版日期	2021年11月　BOD一版
定　　價	250元

Printed in Taiwan

讀者回函卡

國家圖書館出版品預行編目

奔跑在太陽升起的地方/賴勝龍著. -- 一版. --
臺北市：釀出版, 2021.11
面； 公分. -- (釀文學；259)
BOD版
ISBN 978-986-445-548-5(平裝)

863.57　　110015849